Sonnenkind im Regen

Doris Angerstein

Sonnenkind im Regen

ROMAN

mit autobiographischen Zügen

Biographische Information der Deutschen Nationalbibliothek; Die Deutsche Nationalbibliothek verzeichnet diese Publikation in der Deutschen Nationalbibliografie; detaillierte bibliografische Daten sind im Internet über dnb.dnb.de abrufbar.

© 2025 Doris Angerstein
Verlag:
BoD · Books on Demand GmbH, Überseering 33,
22297 Hamburg, bod@bod.de
Druck:
Libri Plureos GmbH, Friedensallee 273,
22763 Hamburg

ISBN: 978-3-7693-2805-9

Dankesworte

Sehr herzlich bedanke ich mich bei meinen
TestleserInnen:

Bidi B., Brigitte Z. und Hella W.
Ohne eure ermutigenden Worte
hätte ich nicht weitergeschrieben.

Für das Korrekturlesen und die geduldige
einfühlsame Manuskriptbesprechung geht
mein ganz besonderer Dank an
Frau Dr. Maria W.

Inhaltsverzeichnis

Weiße Callas verbergen ein Geheimnis

Ein Frühlingstag im Mai neigt sich dem Ende zu. Die Luft ist schwül. Wölkchen plustern sich in kürzester Zeit zu dicken Wolken auf, die den ersehnten Regen in ein kleines Dorf der Börde bringen.

Es wird Zeit für Margarete endlich zu schlafen, aber immer wieder eilt sie zum Fenster und beobachtet den dunkler werdenden Himmel.

Die letzte Nacht in ihrem Elternhaus, in ihrem kleinen Zimmer unter dem Dach. Für das Nesthäkchen hatte es ihre Mutter einfach, aber liebevoll eingerichtet. Ein Bett, das einst ihrem Großvater gehörte, ebenso der Wäscheschrank und ein alter Ohrensessel, in dem sie stundenlang in alten Büchern versank. An den Wänden zeigen schwarz-weiße Fotos in goldfarbenen Rahmen ihre glückliche Kindheit mit den geliebten Eltern und den drei älteren Brüdern. Auf dem Dielenboden vor dem

Schrank und dem Bett platzierte Margarete je einen kleinen Läufer aus Schafswolle, die ihr der benachbarte Schäfer als Andenken an seine verstorbene Frau geschenkt hatte.

Die Jugendzeit war getrübt durch den Krieg und erfüllt von Traurigkeit, denn zwei ihrer Brüder wurden in Russland vermisst und kehrten nie mehr nach Hause zurück. In diesen Jahren verlor sie auch den Vater durch einen Motoradunfall. Diese furchtbaren Schicksalsschläge schmiedeten sie mit ihrer Mutter und dem einzigen Bruder noch enger zusammen.

Gedankenversunken schlüpft sie in ihr dünnes Blütennachthemd, ein Geschenk ihrer Mutter zum letzten Geburtstag.

„Hoffentlich regnet es morgen nicht", murmelt sie und kuschelt sich in ihr weiches Federbett. Erschöpft von dem aufregenden Tag schläft sie schnell ein. Der Himmel verdunkelt sich zusehends und die ersten Blitze erhellen den nun schwarzen Himmel. Noch war aus der Ferne nur ein leichtes Grummeln zu vernehmen, doch die Gewitterwolken ziehen, durch den Wind getrieben, schnell näher. Plötzlich ein lauter Knall, er lässt Margarete aus dem Schlaf hochschrecken. Ihr Herz rast vor Angst.

„Was war das denn?"

Schlaftrunken tippelt sie zum Fenster. Sturm und Regen peitschen abgerissenes Laub und Blütenblätter durch den Garten. Grelle Blitze erhellen die Umgebung und wechseln sich mit grollendem Donner ab, als wollte die Welt untergehen.

„Oh nein, oh nein."

Tränen fließen über ihre geröteten Wangen. Es soll doch morgen der schönste Tag in ihrem Leben sein! So kann alles nur trostlos und traurig werden. Sie trottet zurück in ihr Bett. Fröstelnd zieht sie ihre Bettdecke über den Kopf und die Knie dicht an ihren Körper, wie sie es oft als Jugendliche tat in den schlaflosen Nächten der Kriegswirren. Dazu drängen sich noch die mahnenden Worte ihrer zweifelnden Mutter in den Kopf.

„Kind, überlege dir das noch einmal, ob Georg der Richtige für dich ist!".
Waren der Sturm, der Regen, die Blitze und der Donner ein Zeichen? Ein schlechtes Zeichen? Bisher trafen die Appelle der Mutter bei ihr auf taube Ohren, doch nun dieses Unwetter? Sollte es ein schlechtes Omen sein? Weinend schläft sie wieder ein.

Nach Stunden eines unruhigen Schlafes schreckt sie erneut auf.

„Immer noch Gewitter?"
Sie rennt abermals zum Fenster. Staunend erblickt Margarete den klaren Himmel und ein Lächeln huscht über ihr blasses und verweintes Gesicht.

„Keine Wolken mehr da, der Himmel ist blau, oh wie schön. Nun wird alles gut" und sie huscht schnell noch einmal in die warmen Federn.

Im hellen Sonnenlicht glänzt das zarte Grün des Fliederbusches, als wäre es über Nacht lackiert worden. Kleine lila Blütenknospen äugen aus seinem Blättermeer hervor. Der ganze Garten scheint wie frisch gewaschen. Im Takt des leichten Windes wiegen sich die bunten Blumen im Vorgarten.

„Doch was war das? Doch ein Donner?", denkt sie, zuckt abermals zusammen und saust wieder zum Fenster.

Nein, es war ein Paukenschlag.

Es ist der 26. Mai 1951 07:00 Uhr. Im Takt eines Marsches ziehen Musikanten zum Haus ihrer zukünftigen Schwiegereltern. Mit der flachen Hand klatscht sie sich an ihre Stirn und jubelt erleichtert.

„Es ist der Weckruf für den Bräutigam". Für trübe Gedanken ist jetzt keine Zeit mehr, nun ist Eile geboten, um pünktlich bereit zu sein für den Schritt in eine unbekannte Zukunft.

Das Dorf, in dem Margarete lebt, ist eines der ältesten in der Börde. Renovierungsbedürftige Häuser und Scheunen säumen die mit Kopfsteinen gepflasterten holprigen Straßen.

Zitat

Am südlichen Ortsrand speist die Große Renne einen ca. 10ha großen See mit einer Insel. Dieser wird nach Norden, vorbei am Wasserschloss, in den Mühlenteich und dann in die Spetze entwässert, die später in die Aller mündet. An seinem westlichen Ufer schlängelt sich ein Park entlang, der Ende des 19. Jahrhunderts als Englischer Landschaftsgarten gestaltet wurde. Als Ansiedlung findet dieser Ort bereits 961 in einer Schenkungsurkunde für das Magdeburger Moritzkloster von Otto I. Erwähnung. Den Mittelpunkt des Ortes bildet die 1552 als Fachwerkbau errichtete evangelische Kirche. Auf Veranlassung einer Adelsfamilie wurden 1722 – 1727 die

Außenwände massiv als barockes Bruchstein-mauerwerk erneuert. An ihrer Westseite reckt sich, zum Teil in das Kirchenschiff einbezogen, ein mächtiger Kirchturm gen Himmel, der in seinem Kern möglicherweise bis ins Mittelalter zurückgeht. 1571 wurde diesem eine achteckige geschweifte Haube aufgesetzt. In ihr befinden sich die Glocken.

Hier und heute werden Margarete und Georg, begleitet von Orgelmusik und dem Klang der alten Kirchenglocken, zum Altar schreiten, um sich das Ja-Wort zu geben.

Pünktlich um 11:00 Uhr versammeln sich die geladenen Verwandten, Freunde und Nachbarn im Garten vor ihrem Elternhaus. Nach den entbehrungsreichen Kriegsjahren langen die Ersparnisse der Brautmutter gerade, um eine „halbwegs anständige" Hochzeit auszurichten.

Weit über die Grenzen des Dorfes hinaus werden bereits die klingenden Glocken des Kirchturmes vernommen. Sie werden erst verstummen, wenn das Brautpaar die Kirche und den Altar erreicht.

Es ist höchste Zeit für die Hochzeitsgesellschaft, sich auf den Weg zu machen.

„Friedrich, nu kumm, wie möt anfangen!", fuhr Margaretes künftige Schwiegermutter Emmi den nicht mehr taufrischen Vetter an.

„Hier is de Liste!".

„Lies aber langsam und laut", bekam er den nächsten Befehl in Hochdeutsch von ihr.

Die Namen der geladenen Gäste, die sich zum Spalier aufstellen sollen, hatte Margarete mit sauberer Handschrift darauf notiert.

Hastig rubbelt Friedrich mit seinem viel zu oft benutzten Taschentuch und viel Spucke an den leicht verfetteten, einer Lupe ähnelnden Gläsern seines Kneifers. Mit zittriger Hand klemmt er ihn endlich auf seine vom Rotwein gerötete Knubbelnase. Den Zylinder unter den linken Arm geklemmt, steht er kerzengerade und blickt mit ernster Miene zu den Wartenden, wissentlich der Ehre seiner jetzigen Aufgabe. Langsam und würdevoll zitiert er die Namen, wobei er das leise Kichern und Tuscheln einiger Anwesenden zu ignorieren weiß, denn seine kindliche Stimme wollte überhaupt nicht zu seiner großen runden Gestalt passen.

Das Spalier steht und plötzlich verwandelt sich lautes Gemurmel in leises Raunen, denn langsam öffnet sich die Tür zum Haus.

Gebunden aus frischem Tannengrün, geschmückt mit weißen Schleifen, windet sich eine dicke Girlande um den grauen Türrahmen. Vier kleine Mädchen in rosa Kleidern und mit Blumenkränzen im Haar schreiten langsam die Treppe hinab und verstreuen bunte Blütenblätter.

„Jetzt kommen sie", flüstert eine in edlem Tuch gekleidete Nachbarin.
Neugierig sind alle Blicke zur Tür gerichtet.
Den Arm in den des Bräutigams gelegt, schmiegt sich Margarete dicht an ihn. Die Blässe ist einer leichten Röte gewichen, ihre Unsicherheit überspielt sie mit einem Lächeln. In ihren schwarzen schulterlangen Locken hält ein Diadem aus frischer Myrte den weißen bodenlangen Schleier. Das schlichte weiße Brautkleid nähte die Mutter des Bräutigams und keiner ahnt, dass es einmal ein Fallschirm war. Ebenso schmückt Myrte das Revers des schwarzen Anzuges, den sich der Bräutigam von seinem Vater geliehen hat. Geschickt hält Margarete ihren Brautstrauß aus langstieligen weißen Calla im Arm, um ihr kleines Geheimnis, das sie unter ihrem Herzen trägt, vor neugierigen Blicken zu verbergen.

Der ersehnte Sohn, der eine Tochter war

In Georgs Elternhaus richtet sich das junge Paar in der ersten Etage ein Schlafzimmer ein. Wohnzimmer und Küche werden gemeinsam mit den Schwiegereltern genutzt. Zusammen kümmern sich Jung und Alt um den landwirtschaftlichen Betrieb.

An einem herrlichen Sommertag, es war der sechzehnte August, planen sie gleich nach dem Frühstück gemeinsam auf die Wiese zu fahren, um das Gras zu wenden, das Georg am Vortag mit der alten Sense seines Vaters gemäht hat. Er spannt das klapprige Pferd und die betagte Kuh vor den vorsintflutlichen Leiterwagen. Er verstaut die Rechen und den aus Weidenruten geflochtenen Korb mit der Vesper hinter dem Sitz des Kutschers. Die Vesper, eine karge Mahlzeit, besteht aus Malzkaffee und Schmalzstullen, alles fein abgedeckt mit einem Leinentuch, um ungebetenes Krabbelgetier fernzuhalten.

„Schwiegermutter, du mosst mi helpen, ik kumme nich allene ob den Wagen", ruft Margarete.

Ihr Bäuchlein, das sie im Mai noch gut verstecken konnte, hatte beträchtlich an Umfang zugelegt und schränkte sie in ihrer Beweglichkeit erheblich ein.

„Warte, ick schiebe von hinde."

Hups, gerade konnte sie sich noch an einer Latte halten und krabbelt auf allen Vieren zur Mitte des klapprigen Gefährtes. Schwiegermutter noch - rop ob den Wagen - und mit einem Hü vom Kutscher traben die ungleichen Zugtiere in Richtung Wiese.

Eine Haarsträhne löst sich aus Margaretes Kopftuch und flattert lustig auf ihrer Stirn. Obwohl diese Fahrt eine harte und holprige Angelegenheit war, kann sie die kurze Zeit der Entspannung genießen. Das benachbarte Grünland, das dem großen runden Vetter gehört, steht in voller

Blüte. Gelbe Sumpfdotterblumen, wohlriechende Veilchen, weiße Buschwindröschen und blaue Leberblümchen, Gänseblümchen und Löwenzahn begrüßen die ankommende Fuhre. Eine Lerche schreckt vom Pferde-Kuh-Getrappel aus ihrem Nest am Boden auf und flattert mit wildem Gezwitscher gen Himmel.

Margarete schließt kurz ihre Augen, um den bunten Blütenzauber, das Gefühl des warmen Sommerwindes auf ihrer Haut und den Duft von frischem Heu in ihr Gedächtnis einzuschließen. Da drängt die Schwiegermutter zur Eile:

„Stah nich lange rum, hier is de Rechen, fange gliegs da oben an, wie hätt keine Tiet", fordert sie Margarete streng auf, das Gras zu wenden, ohne Rücksicht auf ihren Zustand zu nehmen. Margarete trottet unbeholfen durch das gemähte Grün zu dem ihr zugewiesenen Platz und beginnt zu harken.

„Bis Middach mot gewendet sin, damit wie es am Abend obladen könn", wettert immer noch die verständnislose Schwiegermutter.

Ohne ein Wort zu verlieren, nimmt auch Georg seinen Rechen. Das halbtrockene Gras fliegt mit Schwung von der einen zur anderen Seite. Nach kurzer Zeit beginnt Margaretes Rücken zu schmerzen.

„Sicher eine Folge der einseitigen Bewegung", denkt sie kurz und versucht, ihr Tempo beizubehalten.

Unwohlsein zwingt sie nun doch, eine Pause einzulegen. Begleitet von argwöhnischen Blicken der Schwiegermutter, findet sie hinter dem Fuhrwerk ein wenig Schatten. Sie setzt sich und genießt einen Schluck lauwarmen Malzkaffee aus der braunen steinernen Trinkflasche. Mit ihrem Kopftuch wischt sie sich den Schweiß von der Stirn und lehnt sich an das Wagenrad, um ein wenig auszuruhen.

Hatte ihre Mutter sie nicht gewarnt? Schon, aber dass es so kommt? Nach dem Krieg war sie mit ihrem großen Bruder und der Mutter allein. Trotz der schweren Zeit gingen sie immer freundlich und rücksichtsvoll miteinander um, trotz der vielen Arbeit im Gasthaus.

„Wann kümmste denn nu, wie möt fartig wern", schallt es wieder über die Wiese.

Margarete hangelt sich am Wagenrad hoch, bückt sich, um den Rechen aufzuheben, da passiert es. Warmes Wasser rinnt an ihren nackten Beinen auf den weichen Wiesenboden.

„Mein Gott, ist es soweit?", fragt sie sich ungläubig.

Sie hat Angst - Angst vor dem Unbekannten, das nun unwiderruflich auf sie zukommt und Angst vor der Schwiegermutter.

„Et is so wiet", hallt ihr banger Ruf über die Wiese, den die Schwiegermutter aber nicht ernst nehmen will. Auch Georg lässt sich nicht aus der Ruhe bringen.

„Et is so wiet", ruft sie noch einmal.

„Et is so wiet?", stutzt die Schwiegermutter nun doch.

„Dat kann doch nich sien?".
Sie schleudert verärgert die Holzharke ins Gras und brummelt weiter:

„Et is doch noch vel te freu, kann dat nich noch afwarten, nu schaffen wi hüte wedder dat Heu nich!"
Doch sie will sich Gewissheit verschaffen. Unbeholfen watschelt sie durch das eben gewendete Gras, über ihrem runden Bauch hüpft der füllige Busen im Takt ihrer eiligen Schritte auf und ab. Immer wieder wischt sie sich den Schweiß mit dem großen Herrentaschentuch vom Gesicht, das sie mit einer Sicherheitsnadel am Träger ihrer Schürze befestigt hat, streicht ihre kurzen weißen dauergewellten Locken nach hinten und stöhnt:

„Wedder ne Hitze hüte".

Am Wagen angekommen, reicht ihr ein kurzer Blick in Margaretes hilfesuchende Augen. Umgehend dröhnt lautstark ein Befehl in Richtung Georg, der immer noch gemächlich, unberührt von dem Hilferuf seiner jungen Frau, das Gras von einer zur anderen Seite befördert.

„Hole dat Perd und de Kau, wie möt na Hus!"

Nun hat auch Georg verstanden, was die Stunde geschlagen hat. Er wirft den Rechen auf den Boden und rennt Hals über Kopf an das andere Ende der Wiese, um die Tiere zu holen. Unbekümmert von den Ereignissen, versüßen sie sich ihr bitteres Leben mit frischen Gräsern von der Nachbarwiese.

Die bekannte Schwierigkeit, auf den Wagen zu kommen, wird zur Nebensache - nur keine Zeit verlieren, nur nach Hause und die Hebamme holen. So schnell es das ungleiche Gespann zulässt, holpert das Vehikel über den Feldweg und weithin lässt eine Staubwolke hinter ihm eine eilige Fahrt erahnen.

Neues Leben will zwei Monate zu früh das Licht der Welt erblicken.

Sechs Stunden später „sehe" ich an einem Donnerstag das erste Mal Licht am „Ende des Tunnels" - ein Kind, im Sonnenzeichen Löwe geboren. Ein Sonnenkind.

Endlich ist er da, freut sich mein Vater, als er auf dem Hof den ersten erlösenden Schrei von mir vernimmt. Der ersehnte Sohn, der dann leider nur eine Tochter ist, und mit einem Gewicht von 2.300 Gramm nicht gerade ein Wonneproppen. Die Hebamme legt mich in Mamas Arm. Sorgenvoll blicken sich Mutter und Großmutter Emmi schweigend an, als hätten sie den gleichen Gedanken:

„Wie kriegen wir das kleine Bündel nur durch?"

Mit viel Mühe und wenig Schlaf haben sie es geschafft. Mein erster Überlebenskampf - er sollte nicht der letzte gewesen sein.

Kurze Alleinherrschaft eines Zwillings

Mein erster Geburtstag. Die Verwandten tätscheln meine rosigen Pausbäckchen, denn den Skeptikern hatte ich ein Schnippchen geschlagen und mich trotz vieler Probleme ganz gut entwickelt. Meine fleischigen Oberschenkel, die wie kleine dicke Würste lustig in der gelben kurzen Hose strampeln, überzeugen nun auch den letzten Pessimisten. Erste Gehversuche enden noch auf der weichen Baumwollwindel, die oft besonders gepolstert ist. Das Waschen dieser Pakete bereitet meiner Mutter wenig Freude. Eine Waschmaschine und eine Schleuder, eine Illusion.

Zitat

Obwohl das erste Patent für diese hilfreiche Einrichtung bereits am 18. August 1691 an einen englischen Ingenieur vergeben wurde.

Im „Reich" meiner Mutter gibt es sie nicht. Es ist der permanenten Ebbe in der Haushaltskasse geschuldet.

Die „große Wäsche" bewältigt sie am Waschtag einmal im Monat in der Waschküche. Dort werden auch die Kartoffeln für die Schweine im Elektrodämpfer gegart. Am Abend zuvor weicht sie Berge gesammelter Klamotten der gesamten Familie im großen eingemauerten Kupferkessel ein. Ebenso kocht sie in diesem Bottich im Herbst Pflaumenmus und rührt es stundenlang mit einem riesigen Holzlöffel. Am Schlachttag wird dort erst das Wasser erhitzt, um den toten Tierkörper abzubrühen, damit sich die Schweineborsten lösen, die anschließend mit kegelförmigen Schabern entfernt werden. Später kocht darin das in große Stücke geschnittene Fleisch und zum Schluss badet hier die fertige Wurst.

So entzündet sie am Abend vor dem eigentlichen Waschtag unter dem Kessel ein Feuerchen und zwei Stunden später brodelt die „Brühe". Mit einem dicken Holzstock fischt sie am nächsten Morgen die noch heiße Wäsche in eine Schüssel und platsch, landet sie schwungvoll im hölzernen Waschfass. Dort schrubbt sie mit einer alten Scheuerbürste über jedes einzelne Wäschestück, so dass bald Schweißperlen an ihrem Haaransatz glänzen. Abkühlung bringt das Spülen im eiskalten Regenwasser, dem sie für die Tischwäsche einen Schuss selbstgekochte Stärke aus Kartoffelmehl hinzufügt. Meterlange Wäschefahnen flattern anschließend im Hof. In der kalten Jahreszeit schleppt sie die ausgewrungenen Textilien in Körben über zwei Etagen auf den Hausboden. Nach jedem aufgehängten Teil hält sie die von der Kälte erstarrten Finger an den Mund und haucht ihren warmen Atem hinein. Nach längeren Frostperioden ist es problematisch, die steif gefrorenen Handtücher, Hemden,

Nacht-hemden und Schlüpfer über die enge Bodentreppe ins warme Wohnzimmer an den Kachelofen zu verfrachten, um sie doch noch irgendwann trocken zu bekommen.

Neunzehn Tage nach meinem ersten Geburtstag kommt endlich der ersehnte Sohn zur Welt. Wieder falsch gedacht, wieder ein Mädchen, wieder ein Donnerstag…

Ebenfalls im September 1952 wurde die deutsche Journalistin und Merkel-Biografin Evelyn Roll geboren und Ernest Hemingways Roman „ Der alte Mann und das Meer" veröffentlicht.

Unsere ersten gemeinsamen Jahre verlaufen dem Alter entsprechend - Essen, quengeln, schlafen. An meinem vierten Geburtstag überragt mich meine Schwester bereits, auch in der Gewichtsklasse bin ich ihr unterlegen. Meine zu frühe Geburt fordert noch immer ihren Tribut.

Doch schlimmer geht immer, denn später bin ich nur noch eine von den Zwillingen, denn unsere Mutter ist begeistert von der Idee, uns möglichst immer gleich zu kleiden. Sehr oft fühle ich mich zurückgestellt und nicht genügend beachtet:

Ich bin doch schließlich zuerst da gewesen!

Ich bin doch die Ältere!

Ich muss doch als Erste wahrgenommen werden!

Ich will nicht immer mit meiner Schwester gleichgestellt werden!

Ich, ich, ich!

Ich fühle mich zurückgesetzt und werde einfach übersehen.

Geschenke und Klamotten

In dem Jahr, als wir sechs werden, nein, falsch: Als ich sechs werde, bekommen wir zu Weihnachten einen Puppenwagen. Jeder seinen eigenen. Mit Babypuppen, die unsere ehemaligen Babysachen tragen. An Armen und Beinen umgekrempelt, um sie, wie Mama sagt, halbwegs passig zu machen. Es war das erste richtige Weihnachtsgeschenk, wir sind überglücklich. Oma Frieda (Mamas Mutter), hat ihrer Tochter mal wieder finanziell „unter die Arme gegriffen", da Papa immer öfter dafür sorgt, dass der Zapfhahn in der Dorfkneipe nicht eintrocknet.

Ein Jahr später bringt der Weihnachtsmann ein Puppenhaus. Ganz einfach, zweimal zwei kleine Fächer übereinander gesetzt. Geschickt hat Mama aus Stoffresten Gardinen und Teppiche genäht. Möbel und Püppchen aus ihrer Kindheit steuerte Oma Frieda hinzu und fertig war unser kleines Glück. Wie sie mir später einmal erzählte, kostete die Anfertigung beim Tischler 100,00 Mark. Sie stotterte es monatlich mit 10,00 Mark bei ihm ab. Künftig gibt es Bettwäsche zu Weihnachten, immer wieder Bettwäsche, Bettwäsche, vielleicht auch immer dieselbe? Später mal eine Armbanduhr, die aber kurze Zeit später ihren Geist aufgibt. Aber das aller-, aller-, allerbeste Weihnachtsgeschenk war ein Teddy von Oma Frieda, von nun an mein ständiger Begleiter. In seinem gelben fellähnlichen Kopf hat er nur Stroh, was mich genauso wenig stört wie die nach kurzer Zeit abgekuschelten Stellen auf seinem Bauch. Er ist treu, kann besonders gut zuhören und Trost spenden. Alle meine Geheimnisse kennt er. Ganz sicher bin ich auch, dass er mich so liebt, wie ich bin. Er versteht mich wie kein anderer. Er ist der Teddy meines Lebens. Seinen Lebensabend verbringt er auf der Eckbank in unserer Küche.

Hat Oma Emmi etwas Zeit, flickt sie für Nachbarn und Bekannte Hosen und dreht verschlissene Hemdkragen um. Manchmal näht sie einfache Kleidungsstücke, aus deren Resten sie für mich und meine Schwester „fantasievolle" Kleider zaubert. Mama wird zu den Anproben hinzugezogen - immer wieder das gleiche Szenario:

„Sit et so, oder en betchen klener?", fragt Oma.

„Ne, dat lat man so, denn passen se nächstet Jor noch rin", antwortet meine Mutter.

Dann meint es Oma besonders gut und in den nächsten zwei Jahren ist neue Garderobe kein Thema mehr. Über diese soliden Wunderwerke tragen wir eine Latzschürze, ihre am Rücken gekreuzten Träger bändigen den überflüssigen Stoff. Ich hasse diese Fetzen. Doch langsam geht es richtig zur Sache. Manege frei für die Rangkämpfe der „Zwillinge".

Geheimnisvolle Streifen und ein zerbrochenes Fenster

Um 07:00 Uhr klingelt der Wecker meine Schwester und mich aus dem Schlaf. Eigentlich genügend Zeit, um pünktlich um 08:00 Uhr in der Schule zu sein, denn für den Weg benötigen wir etwa zehn Minuten. Wenn da nur nicht das Aufstehen wäre. Zuspätkommen stand so täglich auf unserer Tagesordnung. Frühstück? Welches Frühstück? Schnell schneide ich eine Scheibe Brot ab, beschmiere sie mit Schmalz, klappe sie zusammen, lege sie in die Brotbüchse, die dann eiligst in meinem Ranzen verschwindet. Überstürzt verlassen wir dann das Haus mit einer Schulmappe, deren Inhalt nicht auf dem neuesten Stand ist. Keine Hausaufgaben, na wie denn? Zu meinem Glück darf ich sie während des Unterrichtes ab und zu bei Wolfi abschreiben. Er ist mein Retter, mein Hausaufgabenretter.

Nicht nur Zuspätkommen ist ein Tagesordnungspunkt, auch der Machtkampf der Geschwister und mein ständiges Ringen um Aufmerksamkeit.

Im Unterricht versuche ich diese durch vorlautes unbedachtes Reden zu bekommen, was mir immer wieder unangenehme Aussprachen beschert.

Meine Deutschlehrerin hat zum Glück alles im Griff. Sie nimmt sich Zeit, redet mit mir über die Fehler die ich mache und hält mir nicht immer behutsam den Spiegel vor.

Am Dienstag, in der Pause vor der letzten Stunde, reiben die Jungen in meiner Klasse alle Seiten des Lehrertisches und der Fensterbänke mit weißer Kreide ein. Unsere Russischlehrerin hat die Angewohnheit, sich während des Unterrichtes an diesen entlang zu schlängeln. An ihrem engen schwarzen Rock würde das Ergebnis grandios werden. Pünktlich betritt sie den Klassenraum und schreitet grazil zum Lehrertisch, entledigt sich mit einem Schwung des Klassenbuches und beginnt mit der immer gleichen Litanei. Verwundert über die ungewohnte Ruhe, blickt sie in die Runde, kann aber nichts Auffälliges bemerken und fährt mit dem Stoff fort. Kurze Zeit später zeigt das „Unternehmen Kreide" seine erste Wirkung und jeder ihrer Schritte einen neuen Kreidefleck an ihrem Hinterteil. Langsam verwandelt sich die gespenstische Ruhe in eine sich steigernde Unruhe. Immer wieder ruft sie uns zur Ordnung und versucht, ihren Faden nicht zu verlieren, doch den Auslöser unserer nun haltlosen Lachkrämpfe kann sie nicht ergründen. Nach einem zwanzigminütigen Kampf gegen eine nicht mehr zu bändigende Horde gibt sie auf und verlässt schwitzend mit hochrotem Kopf den Klassenraum. Mit der geliehenen Autorität des

Direktors kehrt sie zurück - seine lautstarke Standpauke ist bis ins Lehrerzimmer zu hören.

Gegen 14:00 Uhr schlendere ich erschöpft nach Hause. Mein leerer Magen knurrt, denn bis auf die kleine Schmalzstulle hat er heute noch nichts „gesehen". Auf dem Küchentisch begrüßen uns wie so oft ein Topf mit kalter Suppe und ein Zettel, die Haus-Aufgabe von Mama für den Nachmittag. Sie schreibt:

<u>Das ist zu tun, Eure Mutter:</u>
- Suppe warm machen
- abwaschen
- Küche aufräumen und wischen
- Betten machen
- 3 Körbe Kartoffeln aus dem Keller holen, ab keimen, in den Kartoffeldämpfer füllen, Wasser drauf und anstellen."

Zweimal in der Woche kommen das Ausmisten der drei Schweine und das Schnitzeln von zwanzig Futterrüben hinzu.

Aus der Scheune schleppe ich die Rüben einzeln in den Kuhstall und fülle sie Stück für Stück in den Trichter der Schnitzelmaschine. Mit großer Anstrengung drehe ich die Handkurbel, damit sich die rotierenden Messer in Bewegung setzen und das geschnitzelte Futter unten in den Korb fällt.

Heute ist Mama anscheinend wieder einmal entfallen, dass wir auch noch Hausaufgaben für die Schule machen müssen. Wie sollen wir das bis zum Abend schaffen? Die Katastrophe ist vorprogrammiert. Ich habe zum Glück Wolfi, meinen Hausaufgabenretter.

Im Sternzeichen „Löwe" geboren und als sowieso Älteste, übernehme natürlich ich die Organisation und möchte gern die gestellten Aufgaben verteilen, also Chefsache. Damit ist aber meine „Mitarbeiterin"

Schwester nicht einverstanden. In der Küche beginnt in kürzester Zeit ein Zweikampf unter dem Motto: Wer kann am lautesten schreien und wer wird für die härtesten Handgreiflichkeiten „gekrönt", kurz: es fliegen die Fetzen. Sie flüchtet auf den Hof, ich verschließe sofort die Küchentür, um mich vor ihr zu schützen, denn sie ist immer noch stärker. Da erscheint sie am tiefgelegenen Küchenfenster, tritt dagegen, damit ich es öffne - und? Nach einem lauten Knall fliegen mir die Glassplitter um die Ohren. Erschrocken halte ich meine Hände vor das Gesicht und will mir gar nicht ausmalen, was heute Abend passiert. In dieser besonderen Notsituation ist plötzlich der Streit vergessen, die Angst vor dem Abend und unserem angetrunkenen Vater lässt keinen Platz mehr für Reibereien und setzt ungeahnte Kräfte frei. Nach einer kurzen Schockstarre, schließe ich die Tür auf und „Chef" brüllt:

„Komm rein, Fenster aushängen, zum Tischler bringen!".

Das Aushängen gestaltet sich sehr kompliziert, denn es ist schwer und allein kaum zu halten. Mit dem Abwaschlappen schütze ich meine Hand und greife in das entstandene Loch im Glas, um das Fenster mit beiden Händen herausheben zu können. Beim Absetzen brechen die restlichen Glasscherben heraus. Bis auf den Fußweg vor dem Haus schleppen wir den Rahmen gemeinsam, lehnen ihn an den Zaun, dann zottele ich los. Teils ziehe ich, teils schleppe ich das Gestell. Der Weg zum Tischler wird zur Tortur, dafür muss aber nun meine „Mitarbeiterin" den gesamten Zettel allein abarbeiten.

Die Tür zur Tischlerwerkstatt steht offen. Mit letzter Kraft ziehe ich den Rahmen in den dunklen Raum und lehne ihn an eine Werkbank. Ängstlich blicke ich mich um. Ringsumher stapeln sich Bretter und Balken. Sägemehl und Staub haben sich am

Boden vereint. Deren Geruch mischt sich mit dem des Holzschutzmittels, der offenen Büchse auf einem Lattenstapel. Wenig Licht dringt durch die kleinen schmutzigen, mit Spinnennetzen verhangenen Sprossenfenster.

„Hallo, einer da?", rufe ich vorsichtig. Keine Antwort.

„Ist einer daha?", werde ich lauter.

„Jaha, einer daha", kam es aus einem Nebenraum.

Manni, der Sohn des Tischlers, kommt mit festem Schritt auf mich zu und postiert sich wie ein Riese vor mir auf. Mit strenger Miene sieht er in mein Tränen verschmiertes Gesicht und grinst hämisch:

„Na, habt ihr euch mal wieder jekloppt?"

„Ne, wieso?", blicke ich verlegen zu Boden und mit dem Zeigefinger weise ich auf den Holzrahmen.

„Kannste das gleich machen?"

„Also doch jekloppt, mm, mmm", brummt er und streicht mit seiner rechten Hand über seinen gut frisierten Lockenkopf.

„Was mache ich bloß, wenn er es nicht gleich neu verglasen kann?"
Die Angst vor heute Abend lässt mir die Tränen in die Augen schießen und ein herzzerreißender Schluchzer entweicht mir ungewollt. Erschrocken schaut er mich an.

„Weinst du? Du hast Angst vor Papa, ja?"
Ich nicke und schaue verschämt zu Boden.

„Na, dann will ich mal nicht so sein", er kann sich denken was passiert, wenn heute Abend das Fenster nicht an seinem Platz hängt.
Nach einem tiefen Atemzug raune ich erleichtert:

„Danke".

Zum Glück löchert er mich nicht weiter und beginnt gleich mit der Reparatur. Doch längst quält mich ein neues Problem:

„Wie soll ich das bezahlen, habe doch kein Geld?"

Mit einem Zollstock hat er schnell die Maße für das fehlende Stück Glas erfasst und kritzelt sie auf ein Brett, das auf der Werkbank liegt. Nun zieht er sich Handschuhe an und verschwindet kurz in einem Nebenraum, kommt mit einer großen Glasscheibe zurück und überträgt auf sie die Maße vom Brett. Rucki zucki schneidet er sie aus, passt sie in den Rahmen ein und drückt Kitt in die Fugen.

„So, fast wie neu", grinst er mich an.

„Und was kostet das?", frage ich kleinlaut.

„Haste Geld mit?", erwidert er ungläubig.

Langsam hebe ich den Kopf und schaue angstvoll in sein doch eigentlich freundliches Gesicht.

„Gibt er mir das Fenster etwa nicht mit, wenn ich nicht bezahle? Was soll ich dann bloß machen?"
Ich schüttele den Kopf.

„Nee, eigentlich nich", blicke wieder zu Boden und male mit dem großen Zeh, der über meine viel zu kleine Sandalette hinausragt, beschämt Kreise ins staubige Sägemehl.

„Aber vielleicht kann Mama morgen…?", wispere ich leise.

„Sie kommt bestimmt morgen vorbei", versuche ich ihn etwas lauter zu überzeugen.
Er atmet tief ein, greift sich wieder durchs Haar und mit einem leisen Brummen atmet er aus.

„Mmmm, na, was machen wir denn nun?", lässt er mich zappeln.

„Was soll ich denn bloß machen, außerdem habe ich Riesenhunger und will nach Hause", denke ich.

„Ist schon gut" und er erlöst mich aus dieser peinlichen Situation.

„Der will wirklich kein Geld", schoss es mir durch den Kopf.

Erleichtert wische ich mir mit dem Handrücken über die schon wieder feuchten Augen. Jetzt nur weg hier. Vorsichtig versuche ich das Fenster anzuheben, da spüre ich plötzlich seine kräftige Hand an meinem Oberarm und er zieht mich zur Seite.

„Halt, warte hier!"

„Was denn? Doch Geld?"

Er verschwindet durch die Hintertür. Wie versteinert, harre ich der Ungewissheit.

„Abhauen, ja, abhauen", schießt es mir in den Kopf.

„Doch ohne Fenster geht nicht und mit Fenster komme ich nicht weit!"

Angst und Hilflosigkeit quälten mich selten schlimmer. Da höre ich eine Tür knarren und etwas rumpelt über den Hof.

„Er kommt zurück. Was soll ich nur tun?"

Wortlos zieht er eine quietschende Karre mit gummibereiften Rädern in die Werkstatt, frachtet das Fenster darauf, nickt mir in Richtung Ausgang zu und schiebt los.

„Komm, ich hänge es euch wieder ein".

Ohne noch ein Wort zu sagen, trotte ich neben ihm zu unserem Haus. Als Schwesterlein uns kommen sieht, entweicht ihr ein erleichtertes:

„Gott sei Dank".

Am Abend ist alles erledigt. In einem Augenblick der Abwesenheit meines Vaters flüstert mir Mama ins Ohr:

„Das Fenster hat wohl neuen Kitt bekommen?"

Schweigend blicke ich zu ihr auf und nicke nur.

Und wieder habe ich keine Hausaufgaben
gemacht.

So muss wohl Sterben sein

Es ist Samstag. Ein lauter Wortwechsel zwischen meiner Mutter und mir lässt Oma Emmi im ersten Stock wieder einmal aufhorchen und wieder einmal wartet sie auf das wilde Getrappel auf der Treppe.

Dem Geruch der Rheumasalbe folgend, renne ich ängstlich die Stufen hinauf, reiße ihre Zimmertür auf und stürze mich weinend in Omas weit geöffnete Arme, an ihren warmen weichen Busen. Hier bin ich unantastbar, hier bin ich sicher und geborgen. Keuchend erreicht nun auch meine Mutter das Zimmer und versucht Oma, den Grund dieser Hetzjagd zu erklären, ohne Erfolg.

„Hier wird dat Mäken nich anjerührt!", lautet ihre Anweisung.

Zu meiner Schwester und mir ist sie nicht so streng, sie ist unsere Beschützerin.

Unverrichteter Dinge zieht sich meine Mutter zurück. Nach einer Stunde schleiche ich leise nach unten, der Kochlöffel, der verlängerte Arm meiner Mutter, liegt wieder in der Schrankschublade. Nun tauche ich erst einmal über die wackelige Leiter, an der die letzte Sprosse fehlt, in den schummerigen Kartoffelkeller ab und sammle die verhassten, stinkenden Kartoffeln in einen Korb. Seit Wochen beobachte ich hier den alten Zigarrenstummel und die Schachtel Streichhölzer auf einem Mauervorsprung. Da sie in der letzten Zeit von meinem Vater nicht angerührt wurden - er sie vielleicht doch schon vergessen hat - will ich es heute wagen und mir mal „eine anzünden". Unter meiner viel zu großen Schürze verschwinden Stummel und Streichhölzer mit mir auf dem Plumpsklo am Ende des Hofes. Nicht mehr nachgedacht und schon qualmt das Fundstück. Der erwartete Durchfall bleibt aus, aber eine unerwartete Übelkeit sucht mich heim, kalter Schweiß tritt auf meine Stirn und der Kreislauf spielt total verrückt. Doch das Schlimmste: die panische Angst, jetzt sterben zu müssen.

„Sterben, ja so muss wohl Sterben sein", hämmert es in meinem Kopf.
Mit dieser Todesangst im Nacken schleppe ich mich die nicht enden wollende Treppe zu Oma hinauf und poltere in ihr Zimmer. Erschrocken stoppt sie ihre Nähmaschine.

„Kind, was ist mit dir?", fühlt sie erschrocken meine Stirn.

„Mir ist so übel, ich habe bestimmt was Schlechtes gegessen".
Mit strengen Blick weist sie auf ihr Sofa.

„Lege dich hin, es geht dir bald besser".
Ganz sicher hat sie längst gerochen, was ich „Schlechtes gegessen" habe. In meinem direkten Blickfeld ragt die alte

Standuhr fast bis zur Zimmerdecke, ihr großes Pendel treibt mich fast in den Wahnsinn. Durch das ständige Hin und Her dieses baumelnden Dingsda, wird mir immer übler und hilfesuchend blicke ich zu Oma, doch ihre Nähmaschine rattert bereits wieder. Mühevoll drehe ich mich auf die Seite und schlafe ein.

Omas Wunderding

Geheimnisvoll, unerklärlich, tabu: Omas Wunderding - die Nähmaschine.

„Wie funktioniert die wohl?".
Lange Zeit hatte ich nicht den Mut, sie zu fragen, heute wage ich es.

„Oma?".

„Ja, mein Kind".

„Darf ich mal mit deiner Nähmaschine nähen?", winsele ich und werde von ihrer Antwort überrascht.

„Ja, gern zeige ich es dir, aber erst musst du dann wissen, wie man einen Schnittmusterbogen benutzt, den Stoff zuschneidet und alles zusammenheftet".

„Na, so genau wollte ich das nun auch nicht wissen, will doch nur mal nähen", wage es aber nicht ihr zu widersprechen. Kurz darauf verschwindet Oma in ihrem Schlafzimmer. Meine Neugier lässt mich nicht von ihrem Rockzipfel weichen. Hier riecht es noch viel intensiver nach der Salbe, die sich Oma immer auf ihr Knie reibt. Sie war mal die blöde Treppe zum Kornboden hinabgestürzt und hat es sich so schwer verletzt, dass es steif geblieben ist. Nur mit großer Mühe konnte sie immer die Treppe zu ihrer Wohnung überwinden.

Ich rümpfe die Nase und verziehe mein Gesicht, vorsichtig genug, dass sie es nicht sieht, denn ich will auf gar keinen Fall ein Risiko eingehen und ihr die gute Laune verderben. Sie öffnet den gewölbten Deckel einer alten braunen Truhe, wobei ein lautes Knarren zu hören ist. Verrostete Eisenbeschläge zieren die Seitengriffe und das Schloss an der Vorderseite. Sie beginnt darin zu wühlen. Nimmt etwas heraus, legt es wieder zurück, überlegt kurz, richtet sich auf, legt stöhnend den Handrücken auf ihr Hinterteil, dann sucht sie weiter.

„Hier ist es, ich wusste, dass noch ein Stück übrig geblieben ist", lustig wedelt sie mit einem großen hellblauen Stofffetzen hin und her.

Natürlich spricht sie mit mir Hochdeutsch, kein Platt wie mit Mama.

„Nun noch die Schnittmuster", murmelt sie, schaut mich lächelnd an, streicht mir über den Kopf und kramt weiter in ihrer Kiste.

„Ja, schön", stimme ich ihr wohlwollend zu, um die gute Stimmung aufrecht zu erhalten und ihr nochmals mein Interesse auszudrücken.

Diese findet sie schnell, denn alle ihre handgefertigten Schablonen rollt sie fein säuberlich auf und bindet sie mit einem Streifen des Stoffes zusammen, mit dem sie zuletzt damit gearbeitet hat.

„Dann fangen wir jetzt mal an, ja?", versuche ich ungeduldig, unser Vorhaben etwas zu beschleunigen.

„Nein, warte noch einen Moment, gleich geht's los".

„Was denn nun noch, ich will doch endlich an die Nähmaschine", denke ich, zu sagen wage ich es natürlich nicht.

Lange sucht sie noch, aber was bloß?

„Hier ist sie", ich wusste es.

Eine nackte Puppe aus Zelluloid wiegt sie wie ein Baby lächelnd in ihrem Arm.

„Hat mal deiner Tante gehört, jetzt soll es deine sein".

Vorsichtig reicht sie mir das kleine nackte Wunder.

„Für mich?", schaue ist sie ungläubig an.

„Für mich?", wiederhole ich vorsichtshalber, um sicher zu sein, dass es auch wirklich so ist.

„Ja, nur für dich".

„Nur für mich".

Ich stutze, mir fehlen die Worte und ich schmiege mich ganz dicht an ihren Bauch. Außer ein leises:

„Danke, Oma", entweicht meinen Lippen kein Wort, was bei meinem "kleinen

Schnabbelmund", wie ihn Oma oft bezeichnet, ein ganz besonderer Moment ist.

Neu, dieses Gefühl für mich, eine Puppe mein Eigen zu nennen. Ja, Teddy war ja auch da, aber doch irgendwie anders. Zum Kuscheln ist er wohl sowieso besser geeignet, der ist nicht so hart.

Was für ein Tag, so schön war selten einer - und was habe ich gelernt:

"Ich muss mich einfach nur trauen und fragen".

Zitat

Wer kämpft, kann verlieren.
Wer nicht kämpft, hat schon verloren.
Bertolt Brecht

Nicht immer ist Oma so nett, manchmal ist sie auch streng, doch heute ist sie besonders liebevoll zu mir und ich genieße es, im Mittelpunkt zu stehen. Mit hochrotem Kopf folge ich nun ihren Ausführungen, doch der Sinn der vielen geheimnisvollen Linien, Striche, Punkte und Zeichen auf dem Schnittmusterbogen erschließt sich mir noch nicht. Ebenso die Begriffe wie: Rückenlänge, Abnäher, Fadenlauf, Webkante kann ich nicht verstehen. Den Schnittmusterbogen legen wir nun auf Zeitungspapier und mit einem Zackenrädchen wird das gewünschte Muster auf dieses übertragen, danach schnippeln wir die einzelnen Teile aus der Zeitung aus. Mit Stecknadeln befestigen wir gemeinsam diese Teile auf dem Stoff und mit der für meine Hände viel zu großen Schere darf ich die Stoffteile ausschneiden. Doch vor dem Nähen muss nun mit Nadel und Faden alles zusammengeheftet werden. Eine Geduldsprobe. Als ich endlich fertig bin, flüstere ich unterwürfig:

„Und nun aber nähen".

„Lass gut sein für heute, mein Kind, das machen wir morgen".

Jetzt entweicht mir doch ein trauriges:

„Oh schade".

Ich falle ihr aber trotzdem um den Hals, küsse sie viele Male auf ihre Wangen und drücke sie so fest ich nur kann.

„Wofür ist das denn?"

„Na, für die schöne Puppe, Oma. Danke. Ich lasse sie aber noch bis morgen hier, ja?", wollte ich doch sicher sein, dass es auch nur meine bleibt.

„Ja, ist gut", lächelt und nickt sie verständnisvoll.

Am nächsten Tag kann ich es kaum erwarten. Zum Glück fällt die Haus-Aufgaben-Liste meiner Mutter sehr kurz aus und ich eile die Treppe zu Oma hinauf.

„Hier bin ich, es kann losgehen", trällere ich fröhlich.

„Na, dann wollen wir mal", stimmt mir Oma zu, sichtlich erfreut von meinem Eifer.

Da sitze ich nun total aufgeregt vor dem Wunderding. Nicht nur das Einfädeln des

Fadens in die Nadel, das Einlegen des Schiffchens, das Auflegen des Antriebriemens auf das Schwungrad, auch die Koordination der Füße und Hände benötigen etwas Zeit. Mit engelhafter Geduld verrät mir Oma Stück für Stück ihre Geheimnisse. Ich fühle mich unglaublich wohl in ihrer Nähe und laufe zur Höchstleistung auf. Am Abend haben wir mein Meisterstück fertiggestellt und ich kann es kaum erwarten, meiner Mutter die neue Puppe mit einem selbstgenähten Kleid zu präsentieren.

Ich kuschele mich zum Abschied noch einmal in Omas Arme und sie flüstert mir ins Ohr:

„Das hast du sehr gut gemacht, mein Kind, bin stolz auf dich“ und sie streichelt sanft meine Wange.

Mit der Puppe im Arm werfe ihr hastig noch einen Handkuss zu und hüpfe fröhlich die Treppe hinab.

„Was wird wohl Mama dazu sagen?“

Sie war heute etwas früher zu Haus und hat schon nach mir Ausschau gehalten.

„Na, da bist du ja, habe dich schon gesucht."

„War den ganzen Nachmittag bei Oma oben, sie hat mir die Puppe geschenkt und wir haben ihr ein Kleid genäht." Ungläubig schaut sie mich an.

„Das hast du doch nicht selbst genäht?", fragt sie ungläubig.

„Doch", strahle ich sie stolz an.

„Oma hat mir nur ein bisschen geholfen."

Ein glücklicher Tag geht zu Ende und ich schlafe nicht nur mit meinem Teddy im Arm zufrieden ein.

Ein verhängnisvoller Nachmittag

Flüchtig erledige ich die Hausaufgaben, denn Wolfi ermahnte mich heute nach dem Unterricht, endlich mal wieder selbst was zu tun.

Auf Mamas Wunderzettel stehen heute nur zwei Worte: Gänse hüten.

„Oh schön", freue ich mich.

Wenn ich diese kleinen gelben Federknäule in den Händen halte, fühlen sie sich wie weiche Wattebäusche an. Gern knabbern sie dann an meinen Fingern.

Schnell wasche ich eine Bierflasche aus, von denen sich einige in unserer Speisekammer angesammelt haben, befülle sie mit Malzkaffee, lege sie zur Decke in den alten Weidenkorb und hopse fröhlich zu Ulla, meiner ein Jahr älteren Nachbarin und besten Freundin. Ich finde sie in der Küche, sie arbeitet gerade missmutig ihre Aufgabenliste ab.

"Hast du Lust, mit mir Gössel zu hüten?", plappere ich los, ohne lange drumherum zu reden.

„Muss aber erst noch abwaschen",
murmelt sie lustlos.

„Macht nichts, ich helfe dir", trällere
ich zurück und bin froh, nicht allein gehen zu müssen. Da sie mit zwei älteren
und drei jüngeren Geschwistern „gesegnet" ist, übertrifft die Menge an Tellern,
Tassen, Schüsseln, Töpfen etc. weit der
unseres Mittagsgeschirrs. Das Abwaschwasser verwandelt sich unter Ullas Händen so nach und nach in eine trübe Brühe.
Trockentücher werden hier auf der Leine
über der Grude getrocknet. Da ich zu
klein bin, um an sie heranzukommen,
springe ich hoch, kriege eines zu fassen,
dabei löst sich die Schnur und der Rest
der Wäsche landet auf dem Boden.

„Pass doch auf! Ne, das nu auch noch",
meckert mich Ulla an.

„Is doch nich so schlimm, ich hebe alles wieder auf", versuche ich sie, nicht ohne Hintergedanken, zu beruhigen.

„Und die Leine? Wenn meine Mutter das mitkriegt, kannste gleich alleine gehn".

„Oh, nur das nicht".
Schnell schiebe ich einen Stuhl an die Stelle, an der die Leine an einem Nagel befestigt war, und mit Ullas Hilfe knibbele ich sie wieder dran.

„Siehste, schon fertig".
Schnell trockne ich das Geschirr ab und gemeinsam räumen wir alles in den Küchenschrank.

„Aufwischen brauchste nich, das muss Traudel heute machen", stoppt Ulla mich, als ich zum Schrubber greife.

„Na, dann können wir ja los, habe schon alles eingepackt".
Mit Hilfe langer Weidenruten geleiten wir sieben kuschelige gelbe Gänslein mit

ihrer Gänsemama aus dem Stall, über unseren Hof und auf dem staubigen Sommerweg entlang der Ausfahrtstrasse zu unserer Wiese.

Die Getreidehalme auf den angrenzenden Feldern wiegen sich im warmen Sommerwind und der Wohlgeruch der reifen Körner kriecht in unsere Nasen. Kornblumen, Kamille und Mohn schmücken mit ihren leuchtenden bunten Farben den Feldrand. Nun nur noch die Straße überqueren und es ist nicht mehr weit bis zu unserem Grundstück, deren Mittelpunkt eine alte Holländermühle bildet. Eigentlich ist diese „alte Kiste" nur noch eine Ruine aus Felssteinen, *aber einst eine der wichtigsten Mühlen der Gegend. Leider ohne Haube, denn die brannte 1913 ab, doch vor dem Brand gehörte sie zu den wenigen fünfflügeligen Windmühlen der Region.*

Ein weiß-gelbes Farbenmeer empfängt uns. Löwenzahn und Gänseblümchen zeigen ihre ganze Pracht, als wäre es der letzte Sommer in ihrem Blumenleben. Den Malzkaffee deponiere ich im Schatten der Mühle und Ulla breitet die Decke auf dem Blütenteppich aus.

„Schön hier, ja?".

„Ja, schön hier", seufzt Ulla, sichtlich froh darüber, dem Trubel ihres Zuhauses einmal kurz entkommen zu sein.

Ihr Blick schweift in die Ferne. Ohne weiter darauf zu achten, wie schön es die Gänse hier finden, lassen wir uns auf die Decke fallen und sehen den kleinen weißen Wolken am blauen Sommerhimmel zu, wie der Wind sie in die weite Welt pustet.

„Wohin sie wohl ziehen?"

„Bestimmt nach Afrika", raunt Ulla.

„Oder nach Amerika", erwidere ich, nicht wissend, wo sich diese Länder wirklich befinden.

Plötzlich schrecke ich auf.

„Wohin sind eigentlich unsere Gänse gezogen?".

Versunken in Träumereien hatten wir die Viecher total vergessen.

„Die können nicht weit sein", versucht Ulla mich zu beruhigen.

„Wenn sie zum Tümpel sind, da kriegen wir die nie wieder raus!", jammere ich.

Bei diesem Gedanken fährt mir ein Schauer über den Rücken und wie ein Blitz die Worte in den Kopf: Gänse weg! Abend? Zu Haus? Papa! Panisch wie Hühner, die vom hungrigen Fuchs gejagt werden, rasen wir um die Mühle herum. Nichts. Weiter auf dem Weg zum Wasser. Nichts. Nochmals um die Mühle herum. Nichts.

„Lass uns noch hinter dem Schuppen nachsehen", bitte ich Ulla.
Zahlreiche Holunderbüsche stehen hier in voller Blüte.

„Schau doch mal, wie wunderschön die Blüten sind" und ich halte meine Hand unter eine große Dolde.

„Oh, es sind ja viele kleine weiße Einzelblüten und in der Mitte ist ganz viel
gelber Blütenstaub", komme ich ins
Schwärmen und rieche daran.

„Na ja, riecht etwas süßlich, unsere Rosen im Garten am Haus duften besser".
Mit einem lauten Seufzer holt mich Ulla
aus meiner euphorischen Begeisterung
zurück in die Realität.

„Die Gänse, ach ja", ich hatte sie bei
meiner Schwärmerei einen kleinen Moment lang einfach vergessen.
Wir laufen weiter um den Schuppen
herum und plötzlich höre ich ein leises
Schnattern.

„Wo kommt es her?"
Wir stapfen vorsichtig durch das hohe
Gras, denn hier wird es von Papa nicht
abgemäht. Mit ihrer Weidenrute zeigt
Ulla auf den alten Fliederstrauch.

„Da, im Schatten sind sie"

„Gott sei Dank", entfährt es mir erleichtert.

„Na, Gott sei's gedankt", atmet auch sie auf.

Total erschöpft von dem langen Fußmarsch kuscheln sich die Gössel ins Federkleid ihrer Mama und zufrieden halten sie dort ein gemütliches Nachmittagsnickerchen. Ein bisschen ausruhen nach dem langen Gänsemarsch tut allen sicher gut.

„Die lassen wir nicht wieder aus den Augen, nicht auszudenken heute Abend und so".

Ulla versteht sofort. Behutsam führen wir sie zu unserem Rastplatz zurück, aber die Meute will einfach nicht bei uns bleiben.

„Vielleicht sollten wir sie einsperren?"

„Im alten Hühnerstall? Das kann nicht dein Ernst sein, Ulla".

„Nein, ich meine vielleicht mit 'nem Gitter, oder so?"

Wir flitzen zum alten Schuppen hinter der Mühle, den meine Großeltern früher als Hühnerstall nutzten und kommen mit

Mauersteinen zurück, die wir zu einem Kreis aufstellen. Es braucht viel Mühe, die Schar dazu zu bewegen, gemeinsam das „Gehege" aufzusuchen, einer tanzt immer aus der Reihe.

Endlich haben wir alle drin, doch Mama Gans will immer wieder raus, Futter suchen.

„Ist doch genug hier!", fahre ich sie ungeduldig an.

Sie hat es nicht verstanden, denn plötzlich steigt das unruhige Muttergänsevieh auf einen aufgestellten Stein, der kippt und trifft ein Gänsekind. Es bleibt leblos liegen. Entsetzen.

„Nimm die Rute und treibe sie ein Stück weg, damit ich es aufheben kann!", flehe ich Ulla an.

Sie pustet die dünnen blonden Haare aus ihrem hochroten Gesicht, nimmt den Stock und versucht, die aufgeregte Gänsemutter von dem verunglückten Vogel fernzuhalten, doch diese verteidigt vehement ihr Kind. Endlich kann ich es erhaschen und hebe es vorsichtig auf. Das Köpfchen hängt müde zwischen Daumen und Zeigefinger, die Augen sind geschlossen und die Füßchen baumeln leblos herunter. Sonst schnattert es immer fröhlich und knabbert an meinen Fingern, wenn ich es liebkose.

„Wach doch bitte, bitte auf", flehe ich und streichele es sanft.
Alle Versuche, es auf die Beine zu stellen, misslingen.

„Nein, nein, das kann doch nicht tot sein?", schaue ich verzweifelt zu Ulla auf.
„Gib mal her!".
Sie wirft die Rute ins Gras und versucht, das Kleine zum Laufen zu bringen, auch ihr Mühen ist erfolglos.
„Doch", sagt sie leise.
„Was doch?", zetere ich sie an.
„Es ist tot".

Die Gewissheit überfordert mich vollends. Verzweifelt halte ich die Hände vor meine Augen und ein Meer aus Tränen ergießt sich durch meine Finger.

„Was soll ich jetzt bloß machen, die merken das doch heute Abend, wenn eins fehlt?".

Ulla kann mir keinen Rat geben, aber sie bemerkt gerade noch rechtzeitig, dass sich die Gänsemutter mit dem Rest ihrer Brut schon wieder aus dem Staub macht.

„Was sollen wir nur tun?", jammere ich immer noch, als Ulla mit der Meute zurückkommt.

„Ich hab ne Idee, du trägst das tote Gössel unter deiner Schürze nach Hause und legst es zu den anderen in den Stall, vielleicht merkt es keiner".

„Meinste, das klappt?", blicke ich sie ungläubig an.

„Haste ne bessere Idee?".

„Nee", antwortete ich ihr trotzig.

Gesagt, getan. Ich wische mir die Tränen aus dem staubigen Gesicht, ziehe die Flüssigkeit in meiner Nase geräuschvoll nach oben und Ulla packt eilig unsere Habseligkeiten in den Korb. Vorsichtig hebe ich das kuschelweiche Gänslein unter meine Schürze. Es schaudert mich, als der warme leblose Körper meinen Bauch berührt, aber es muss sein. Kummervoll folge ich Ulla, die schnellen Schrittes die Gänse zur Straße führt. Da nähert sich in rasanter Fahrt ein Lastauto.

„Aufpassen, Ulla, nicht das noch, ein Auto…?"

„Nicht auszudenken", stimmt mir Ulla zu.

Zum Glück ist noch niemand zu Hause und wir setzen unseren Plan wie besprochen in die Tat um, anschließend verkrümeln wir uns.

Am Abend bemerkt niemand, was geschehen ist. Ich quäle mich durch eine lange, angsterfüllte, fast schlaflose Nacht.

Durch einen lauten Ruf meines Vaters auf dem Hof werde ich am nächsten Morgen abrupt aus dem Schlaf geholt, er ordert meine Mutter in den Stall. Offensichtlich hat er den „Todesfall" bemerkt.

„Oh Gott, jetzt ist es soweit, was sage ich bloß?"

Schnell ziehe ich mich an. Als sie wieder ins Haus kommen, sitze ich am Küchentisch und blicke mit gesenktem Kopf in meine leere Kaffeetasse, bereit für die Standpauke und was weiß ich noch.

„Ach, bist ja schon aufgestanden, guten Morgen", begrüßt mich Mama freundlich.

Papa murmelt irgendwas vor sich hin.

„Haben die noch nichts gemerkt?" Ohne weiter auf mich zu achten, führen sie ihr Gespräch fort.

„Na, das passiert schon mal, dass ein Tier verendet, das können wir nun auch nicht ändern", beendet Mama das Gespräch mit meinem Vater, der immer noch brummelnd die Küche verlässt.

In diesem Moment poltern tausend ganz, ganz große Felsbrocken von meinem kleinen Herzen.

Eiskaltes Bad und Schicksalsstraßen

Familie Witt betreibt nebenan ebenfalls Landwirtschaft. Wenn sie im Sommer das Heu einbringt, helfen viele Nachbarskinder, das Winterfutter auf dem Stallboden festzutreten, damit recht viel verstaut werden kann. Auch für mich ist es ein herrliches Vergnügen, so wild in der duftenden Ernte herumzutollen. Weniger Spaß bereitet mir danach das reinigende Bad zu Haus. Unter dem großen Dach unserer Hofeinfahrt füllt Mama eine Zinkbadewanne mit Regenwasser. Mit einem lauten Aufschrei springe ich in das eiskalte Nass und die Schwalben, die über mir in ihrer Sommerresidenz emsig ihren Nachwuchs versorgen, flattern aufgescheucht wild durcheinander. Nun eilt ein großes Stück „duftender" Kernseife in Mamas Hand erst über meine Haare, dann über den Rest meines bibbernden Körpers. Anschließend wird alles mit ei-

nem Schwall der trüben Brühe wieder ab-
gespült. Mit einem großen Badetuch rubbelt sie mich wieder warm und hüllt mich
darin ein. Zur Belohnung für meine Hilfe
habe ich von Tante Witt eine kleine Blech-
kanne mit frischer Milch bekommen. So
sitze ich gemütlich am Küchentisch mit
einer Tasse heißem Kakao und einer Butterstulle mit Schnittlauch aus unserem
Vorgarten. Eigentlich ist es keine echte
Butterstulle, sondern zwei Stück billige
Margarine, die Mama mit einem Stück
Butter gut verrührt hat.

Den Wintervorrat der Futterrüben, die
Nahrung für die Milchkühe, lagert Familie Witt in einer Miete am Dorfrand. Jeden
zweiten Tag ist es nötig, einen Teil der
Dickwurzeln nach Hause auf den Hof zu
holen, um die Kühe damit zu füttern.
Gern begleite ich Tante Witts erwachsene
Tochter dabei. Elli holt dann die Schub-
karre aus dem Schuppen, ich setze mich

hinein und holpere über die Unebenheiten der Landstraße. Hoch aufgeschüttet sind die Knollen mit Erde bedeckt, um sie vor Frost und hungrigen Hasen zu schützen. Schlecht hören konnte ich schon immer gut. So werden auch heute Ellis Warnungen, nicht auf dem abgedeckten Rübenlager herumzutollen, von mir in den Wind geschlagen. Es macht so einen Spaß, sich mit einem Purzelbaum von diesem Hügel zu kullern. Bei einer Rolle rückwärts verliere ich plötzlich die Orientierung und lande in der stinkenden Jauche, die stetig aus der Miete sickert. Ich weiß weder, wo oben noch wo unten ist, und der Schmerz in meinem linken Arm hindert mich daran, wieder auf die Beine zu kommen.

„Elli, kannst du mal kommen, mein Arm tut so weh", wimmere ich um ihre Hilfe.

Verärgert zottelt sie mich aus dem Matsch, klopft an meiner Kleidung herum und zetert:

„Was haste denn jetzt wieder gemacht, hast mal wieder nicht hören können! Was ist mit deinem Arm?"

„Nicht anfassen, der tut so weh".
Elli schaut mich mit ernster Miene an.

„Der ist doch wohl nicht gebrochen?" Und da war sie wieder, die Angst, nach Haus zu gehen. Weinend flehe ich sie an:

„Bitte, bitte sag nichts meinen Eltern, wie es passiert ist!"
Sie zögert, ahnt aber, was mir blühen könnte. Nach gefühlten drei Stunden verspricht sie:

„Ja, gut, ich sage nichts, aber du musst es doch irgendwie erklären? Oder willst du etwa lügen?".

„Nein, irgendwie erklären", murmele ich mit gesenktem Kopf und patsche mit meinem Fuß verlegen in der Pampe auf und ab.

„Ich, ich gehe dann, ja?", verabschiede
ich mich ins Ungewisse, wische mir dabei
mit dem verschonten Arm über das ver-
schmierte Gesicht und trödele allein in
die Dämmerung.

„Ja, ich weiß, dass man nicht lügen
darf. Habe ich ja bei dem toten Gössel
auch nicht getan. Na ja, da hat mich auch
keiner gefragt. Doch eine Notlüge darf
schon mal sein", versuche ich mir leise re-
dend Mut zu machen.

„Aber was sage ich bloß?"
Bedächtig setze ich meine Füße auf der
Straße nur auf glatte Flächen zwischen
den Löchern, denn jede Erschütterung
löst in dem bereits angeschwollenen Un-
terarm massive Schmerzen aus.

„Ich will nicht auch noch hinfliegen".
Dieser Gedanke bringt mich plötzlich auf
die Idee einer glaubhaften Notlüge und
meiner ganz eigenen Logik:

„Wenn man oft bestraft wird, weil man
die Ältere ist, oft für Dinge, die die kleine

Schwester getan hat, dann darf man auch mal eine Notlüge benutzen".

Gesagt, getan.

Mit schmerzverzerrtem Gesicht, den verletzten Arm auf dem Bauch haltend, und kullernden Tränen betrete ich unsere Küche. Erschrocken hält sich Mama beide Hände vor die Augen.

„Mein Gott, wie siehst du denn aus, was ist jetzt schon wieder passiert?" und sie will meinen Arm greifen.

„Nein, nein", schreie ich verzweifelt und drehe mich zur Seite.

„Nicht anfassen, das tut sooo weh".
Bevor sie weiterreden kann, schießt es aus mir heraus und ich trete die Flucht nach vorn an.

„Kann nichts dafür, wirklich nicht, ich habe keine Schuld! Schluchz-, die Straße, -schluchz-, die Straße war's -schluchz-, ich kann wirklich nichts dafür! Ich wollte mit Elli Rüben holen, bin gestolpert -

schluchz- und wegen der Schlaglöcher hingefallen".

„Wenn sie mir nicht glaubt, bin ich verloren. Mit diesem schmerzenden Arm kann ich heute den Treppen-Wettlauf bis in Omas Schutzhütte nicht gewinnen". Schweigen mischt sich mit dem Zigarettenqualm, der Bierfahne meines Vaters und dem ekligen Geruch von gebratenem Schweinemagen, den es zum Abendessen geben soll.

„Du kannst mir das wirklich glauben", durchbreche ich mit leiser Stimme die Stille und blicke dabei Mama flehend an. Nachdem sie keine Zweifel mehr an meiner Unschuld hat, genieße ich ihre Sorge um mich.

Eine lange schmerzvolle Nacht liegt hinter mir, als uns am Morgen der Bus genau über die Landstraße, der ich diesen Unfall zu verdanken habe, in die Kreisstadt bringt.

„Mama, Mama, da war das Loch, wo es passiert ist", zeige ich auf die Straße.
Sie schaut aus dem Fenster und nickt nur. Nach drei Stunden Wartezeit, der Gewissheit, das Elle und Speiche gebrochen sind, und zwei Stunden Trocknungszeit des Gipses, treten wir mit dem Abendbus den Heimweg an.

Sechs Wochen lang interessiert mich nicht die Bohne, was mittags auf Mamas „Zauberzettel" steht.

Fliegende Verteilerdosendeckel

Sechs Wochen sind schnell vergangen, dann stehe ich eines sommerlichen Nachmittags wieder allein in der Küche und spüle gelangweilt das Geschirr. Meine Schwester? Mal wieder über alle Berge, irgendwann werde ich es rausfinden, wohin sie sich immer verkrümelt!
Unerwartet verdunkelt sich der Raum und ein heftiges Unwetter zieht auf. Angstvoll blicke ich zum Fenster.

„Na, lieber jetzt. Nachts erscheint mir ein Gewitter noch bedrohlicher".
Schon trommeln dicke Regentropfen an die Scheiben und Strohreste wirbeln unbändig über den Hof. Kreischend fliehen die Schwalben in ihre Nester und die Hühner verkriechen sich eilig im Stall. In immer kürzerem Abstand folgt dem Blitz das Donnerwetter. Ich schalte das Licht an und mein ängstlicher Blick zur Küchenuhr bestätigt mir, dass erst in etwa vier Stunden meine Eltern von der Arbeit

zu Hause sind. Mama ist Melkerin im Kuhstall und Papa arbeitet im Sommer auf dem Feld der LPG. Morgens gehen sie um 06:00 Uhr aus dem Haus. Mittags kommt Mama zum Kochen zurück und geht anschließend wieder zur Arbeit. Plötzlich ein lauter Knall. Die Furcht lässt meine Hände im Abwaschwasser erstarren.

„Was war das denn? Wo kommt es her? Das war doch kein Donner?"
Mein Herzschlag beschleunigt sich unvermittelt. Die nassen Hände wische ich kurz an meiner Schürze ab und haste in den Flur, rutsche auf einem der Deckel aus, die von den Kabelabzweigdosen geflogen sind und finde gerade noch Halt am Türrahmen. Schwankend erreiche ich die Treppe und hoffe, dass Oma zu Hause ist.

„Oma, Omaaaaa, bist du da?", schallt mein ängstlicher Hilferuf nach oben, doch es kommt keine Antwort.

„Sie arbeitet bestimmt an der Mühle in unserem kleinen Bauerngarten", denke ich.

Verstört renne ich auf die Straße, die der Starkregen bereits in einen reißenden Bach verwandelt hat. Abgerissene Zweige, Laub und Stroh stauen sich vor den Gullys, die mit diesen Wassermassen total überfordert sind.

„Warum riecht es hier so nach Verbranntem und wo kommt der Qualm her?", spreche ich leise mit mir selbst.

Da erblicke ich gegenüber im Scheunendach einen riesigen Spalt, aus dem sich bereits Flammen einen Weg durch Heu und Stroh bahnen. In der Nachbarschaft brüllen verängstigte Kühe, Schweine schreien um ihr Leben und jaulende Hunde mit eingezogenem Schwanz irren auf der Straße herum. Menschen eilen kopflos durcheinander, ziehen das verschreckte Vieh aus den Ställen und schleppen Wasser in alten Blecheimern heran, um die lodernden Flammen einzudämmen. Durch den starken Wind breiten sie sich rasend schnell auf die Nachbarscheune aus. Laut heulen jetzt die Sirenen. Mit Blaulicht kommt die Feuerwehr an den Unglücksort gerast. Feuerwehrmänner helfen, das panische Vieh von der Straße zu treiben, das im wilden Galopp das Weite sucht. Eilig rollen sie rote Wasserschläuche aus.

Voller Angst hetze ich zurück ins Haus und rufe nochmals nach meiner Oma, wieder keine Antwort.

„Hätte ja sein können, dass sie mich vorhin nicht gehört hat."

Weinend verkrieche ich mich im Wohnzimmer hinter einem Sessel am Fenster und verfolge verängstigt das Treiben auf der Straße. Plötzlich Getrampel in unserem Hausflur und es hämmert jemand an der Wohnzimmertür.

„Keiner da?", brüllt eine männliche Stimme.

„Nein, keiner da, die sind alle arbeiten", antworte ich kleinlaut aus meinem Versteck.

„Wir brauchen Wasser, es brennt!", ertönt es wieder.

Mutig krabbele ich auf allen Vieren aus meiner schützenden Ecke, eile zur Tür und weise den Feuerwehrleuten den Weg zum Brunnen auf unserem Hof. Jetzt geht alles sehr schnell. Helfer rollen dicke Schläuche in den Flur, die sich schlängelnd auf dem Terrazzoboden mit Wasser und schmutzigen Stiefeltapsen vereinen. Vorsichtig schleiche ich in den Garten. Angelehnt am Gartenzaun verfolge ich immer noch ängstlich das Gewusel auf der Straße und würde gern davonlaufen, aber wohin? Da streicht liebevoll eine Hand über meinen spärlichen Haarschopf.

„Komm", höre ich eine sanfte Stimme sagen.

„Hier stehst du nur im Weg, lass uns zu mir gehen, bis alles vorbei ist".

Tante Witt greift meine eiskalte Hand, ich trotte willig mit auf ihren Hof und setze mich auf eine Stufe der überdachten Eingangstreppe zu ihrem Haus. Gleich kommen junge Katzen, die ich mit einem Strohhalm zum Spielen animiere. Beim Streicheln dieser süßen Tierchen erinnere ich mich an das tote flauschige Gössel, das ich im vergangenen Sommer unter meiner Schürze nach Haus getragen habe. Die frisch gemolkene Milch, die mir Tante Witt in einer Blechtasse bringt, gieße ich zur Hälfte in den Napf der Kätzchen, die sich gleich darum versammeln und hungrig mit ihren kleinen Zungen zu schlecken beginnen. Am späten Nachmittag beruhigt sich das Treiben auf der Straße, der Brand ist gelöscht.

„Tante Witt, ich gehe jetzt wieder nach Hause. Danke für die Milch", rufe ich ihr durch die offene Haustür zu.

„Ja, ist gut, meine Kleine, bis bald mal", antwortet sie freundlich.

„Ja, bis bald mal, tschühüs".

Stinkende Rauchschwaden wabern immer noch über den abgebrannten Scheunen. Die stark verschmutzten Straßen lassen mich erahnen, wie es wohl daheim aussieht. Die Tür zu unserem Haus steht offen und ich traue meinen Augen nicht. Es ist viel schlimmer, sehr viel schlimmer, als ich es mir hätte vorstellen können. Die Feuerwehrleute hatten ihre Schläuche abgezogen und unser Flur ähnelt einem Kampfplatz auf einem regendurchtränkten frisch gepflügten Acker. Da ich nicht einschätzen kann, ob ich für diesen Schlamassel wieder zur Verantwortung gezogen werde, sammle ich sofort die Deckel der Verteilerdosen in einen Schuhkarton, stelle ihn ins Flurfenster zum Hof und fülle Regenwasser in einen Eimer. Hole den Schrubber und einen Scheuerlappen aus der Kammer und bemühe mich, so gut ich kann, die Spuren der Invasion zu beseitigen. Mehrmals wechsele ich das Wasser, bis auch die letzten Schlammspuren verschwunden sind. Danach wasche ich noch das restliche Geschirr vom Mittag ab und versuche wenigstens, noch einen Teil meiner Hausaufgaben zu erledigen.

Am Abend kommen meine Eltern nach Haus und nichts erinnert mehr an das Drama des Nachmittags in unserem Haus. Gleich plappere ich los und will von meinem heutigen Erlebnis berichten. Doch mein schlecht gelaunter Vater unterbricht sofort meinen Redeschwall:

„Wo sind denn die Verteilerdosendeckel hin?"

„Hier, hier im Schuhkarton auf der Fensterbank, die sind heute Nachmittag…"

„Na, gib schon her".

Mama schmiert mir eine Stulle mit Leberwurst mit dick Senf darauf, dann ist es

Zeit ins Bett zu gehen, wieder einmal
ohne die Hausaufgaben gemacht zu haben.

Ungewöhnlicher Schwimmunterricht

Kleine weiße Wolken tanzen am blauen Altweibersommerhimmel. Auf den Stromleitungen entlang der Straße sammeln sich bereits die Schwalben, um ihre lange Reise in den Süden zu bezwitschern.

An einem dieser letzten warmen Sommertage verabrede ich mich mit Ulla und Tine, um noch einmal in unserem Teich baden zu gehen. Ab und zu kommt aber mein Vater früher nach Hause, also muss ich mich beeilen, um meine Absprache einhalten zu können, denn ihm gehen nie die Ideen aus, mich sofort in die schwere Hofarbeit mit einzubinden. Dann fällt baden gehen automatisch ins Wasser. Aber zu meinem Glück dehnen sich seine "Besprechungen" in der Dorfkneipe immer mehr aus und werden regelmäßiger, so gewinne ich Zeit. Hastig beiße ich in eine Boulette, die mich aus der kalten Pfanne anlacht, und erledige die Hausarbeit. Danach hole ich zwei Körbe stinkender Kartoffeln aus dem Keller, entferne ihre Keime und fülle sie in den Kartoffeldämpfer. Dann reinige ich wieder flink eine Bierflasche, gieße den vom Frühstück übrig gebliebenen Malzkaffee hinein und verstaue eine Schmalzstulle in einer Seite der gestrigen Tageszeitung. Gemeinsam mit einer Decke wandert nun alles in einen von Oma genähten Stoffbeutel. Als ich am „See" ankomme, breitet Ulla bereits ihre Decke aus. Bei jeder Bewegung baumeln ihre kleinen blonden Zöpfe lustig hin und her. Nach einer freudigen Begrüßung verstaue ich den mitgebrachten Proviant unter meiner Decke. Nach mehreren Anläufen schafft es Tina endlich, ihre langen schwarzen Locken mit einer gelben Schnur zu bändigen. Sie hat heute ihren roten Schwimmreifen mitgebracht, der eigentlich kein Reifen ist. Er

ist offen und wird um den Bauch geklemmt. Die Freundinnen können bereits
schwimmen und ich will es heute, mit
Hilfe dieses „Reifens", endgültig lernen.
Der alte Badeanzug meiner Mutter muss
mir genügen. In ein paar Jahren würde er
mir vielleicht passen, heute hilft mir ein
alter Stoffgürtel, ihn halbwegs an meinem
Körper zu halten.
Übermütig toben wir zum Strand, der eigentlich keiner ist. Er besteht aus Gras,
Steinen und Erde. Einen richtigen Sand-
strand haben wir alle noch nie gesehen.
Im trüben Wasser bemühe ich mich mit
Ullas Hilfe zu schwimmen, denn die
Schwimmbewegungen kenne ich bereits.
Sie hält ihre Hände unter meinen Bauch,
gibt mir so ein wenig Halt und erteilt mir
strenge Anweisungen. Kurze Zeit später
erbettele ich mir von Tina den Schwimmreifen und wir gehen ins tiefere Wasser
mit dem Ziel, zur Insel zu schwimmen.

Getragen vom Reifen zeigen die erlernten Bewegungen ihre Wirkung.

„Hurra, ich kann es!", rufe ich den beiden zu und gemeinsam schwimmen wir dem Eiland entgegen. Fast haben wir unser Ziel erreicht. Plötzlich winden sich bei jeder meiner Bewegungen mehr Schlingpflanzen um die Beine. Ekel und Angst verunsichern mich. Verzweifelt versuche ich Boden unter meinen Füßen zu finden, versinke aber bis zu den Waden im morastigen Untergrund. Schnell zappele ich durch das mit Entenflott übersäte Wasser, noch ein paar Hundepaddler und es ist endlich geschafft. Fröstelnd hangele ich mich über große moosbedeckte Steine, die der Insel Halt geben sollen, und setze mich erschöpft ins Gras. Den Reifen schnell abgestreift, blinzele ich in die Sonne, deren Strahlen durch dünne Zweige einer alten Weide meinen zitternden Körper wärmen.

„Haste gut gemacht", klopft mir Ulla auf die Schulter.

„Ja, ging, war gar nicht so schlimm", lächele ich sie an.

Das erste Mal auf dem kleinen Land mitten im See, im Hintergrund der herrliche Schlosspark. Der vielfältige Baumbestand präsentiert sein Blätterkleid in diversen Grüntönen. Ein direkter Zugang führt vom Park zum Wasserschloss, das unerschütterlich scheint mit seinem Turm, dem Bergfried. Auf ihm flattert eine zerfranste Fahne im Wind. Alles spiegelt sich im Teich, der erscheint mir noch viel größer als vom Ufer her. Zwischen blühenden Seerosen übertrumpfen sich Entenpaare beim Tauchen und Gründeln. Mit lautem Geschnatter erheben sich zwei Graugänse in die Luft und fliegen in einem großen Bogen um die Insel herum, um dann an einer anderen Stelle wieder auf dem Teich zu landen. Das weiße Federkleid zweier Schwäne lugt aus dem

Schilf hervor. Emsig kümmern sie sich um ihren schon größeren Nachwuchs.

„Ungefähr so groß wäre jetzt bestimmt auch unser verunglücktes Gänseküken", erinnere ich mich.

Meine Heimat einmal von einer ganz anderen Perspektive aus zu sehen, ist überwältigend. Glücklich schließe ich meine Augen, atme tief ein, um dieses Bild des Friedens fest in meiner Erinnerung aufbewahren zu können. Plötzlich holt mich ein greller Schrei in die Realität zurück.

„Kommt schnell her, ein Toter", ruft Ulla.

Eilig flitze ich zu ihr. „Da, da ist er", zeigt sie angstvoll mit ihrem Zeigefinger auf einen großen alten Grabstein. Mich schaudert es.

Mit Moos und Flechten überwuchert können wir die verwitterte Inschrift nur noch erahnen. Der Zahn der Zeit hat ganze Arbeit geleistet.

„Ein Toter, ein Toter hier? Gruselig"

Diese Tatsache flößt mir unbegründet Furcht und Respekt ein. Lange spekulieren wir noch über Art und Weise, wie der hier begrabene Mensch wohl zu Tode gekommen sei und bemerken nicht, dass die Schatten der Bäume länger werden. Von all den neuen Eindrücken abgelenkt, vergesse ich kurz, dass ich wieder zurückschwimmen muss - und schon drängt Tina zum Aufbruch. Zum Aufbruch mit ihrem Schwimmreifen. Sie ist sich einfach nicht mehr sicher, ob sie den Rückweg ohne ihn schaffen kann.

„Mit dem Schwimmreifen?", schießt es mir durch den Kopf. „Mit dem Schwimmreifen? Den brauche ich doch, wie soll ich denn ohne ihn zurückkommen?"
Panisch laufe ich zu Ulla, auch sie ist sichtlich überrascht von Tinas plötzlichem Sinneswandel. Ohne noch ein Wort zu verlieren, klemmt ihn Tina um ihren

Bauch, geht zum Ufer und schwimmt davon. Ich ringe nach Luft, die Verzweiflung treibt mir die Tränen in die Augen.

„Nein, weinen werde ich jetzt nicht, lieber bleibe ich die ganze Nacht hier", denke ich trotzig.
Schnell wird mir aber klar, dass dies auch nicht die Lösung für mein Problem sein kann. Ulla legt ihren Arm um mich und in aller Ruhe erklärt sie mir:

„Das schafft du, gemeinsam kriegen wir das hin",
Immer wieder demonstriert sie mir ausführlich die Schwimmbewegungen der Arme, die mich über Wasser halten sollen, mit dem Hinweis, die Beine dabei nicht zu vergessen.

„War ja gut gemeint, aber ich traue mich einfach nicht mehr ins tiefe Wasser. Schlamm und Schlingpflanzen, nein, das ist nicht meins".
Doch was bleibt mir am Ende übrig? Es wird immer später. Schmerzlich stelle ich

fest, es gibt keinen Plan B. Es bleibt nur noch die Flucht nach vorn. Ohne noch länger nachzudenken, gehe ich ein Stück vom Ufer zurück, nehme Anlauf und springe mit einer Arschbombe ins Wasser. Sinke tiefer und tiefer, strampele verzweifelt mit Armen und Beinen, öffne die Augen, doch nur eine dunkelgrüne Hölle umgibt mich. Voller Panik erhöhen sich noch einmal meine verzweifelten „Flügelschläge" und wahrhaftig, ich kämpfe um mein Leben! In allerletzter Sekunde erreiche ich die Wasseroberfläche, schnappe nach Luft, verschlucke mich, huste und versinke wieder. Panisch kommt mir Ulla entgegen geschwommen, taucht, sucht meinen Arm, zieht mich hoch und schreit:

„Schwimm jetzt, schwimm jetzt endlich!"

Immer noch rudern meine Arme wild auf und ab, die Beine strampeln und lassen das Wasser aufspritzen, so dass Ullas Kommandos in der Gischt untergehen, ehe sie meine Ohren erreichen können. Da, endlich nehme ich sie wahr.

„Ich halte dich, mach langsamer, schwimm, bitte schwimm!", vernehme ich ihr Flehen.

Ihre Beine leisten Schwerstarbeit, um mich halbwegs über Wasser zu halten. Langsam begreife ich den Ernst der Lage und versuche, den erlernten Schwimmrhythmus zu finden.

Gefühlte 10 Stunden dauert für mich der Rückweg - und ganz bestimmt auch für Ulla. Mit letzter Kraft krabbeln wir ans Ufer, strecken unsere müden Glieder von uns und mir wird bewusst:

„Heute habe ich dem Tod in seine dunkelgrünen Augen gesehen und Ulla hat mich ihm entrissen".

Erschöpft torkeln wir zu den Decken. Ich lasse mich direkt auf meine Stulle fallen, deren Belag sich in der Sommersonne mit der Zeitung gepaart hat, was mich aber überhaupt nicht daran hindert, sie mit Ulla zu teilen und gierig zu verschlingen. Glücklich, das zweite Mal an diesem Tag, nun konnte ich wirklich schwimmen! Liebevoll umarme ich meine Retterin und flüstere ihr ins Ohr:

„Danke, du hast mir heute das Leben gerettet. Danke, Danke, Danke".

Das Geheimnis meiner Schwester

Nie hat meine Schwester mir verraten, wohin sie nach der Schule immer entfleucht, obwohl ich sehr oft gefragt habe. Da die Stimmung heute halbwegs entspannt ist, will ich es nochmals wagen.

„Wohin gehst du eigentlich nachmittags immer, ich möchte es nun einfach mal wissen?", winsele ich vorsichtig.

„Warum willste das wissen, biste neugierig?".

„Na, nur so".

„Nur so, du bist neugierig".

„Ja, ich möchte mal mitkommen".

„Mitkommen, du?".

Ein hämischer Blick trifft mich.

„Warum kann ich denn nicht mal mitkommen?", drängele ich weiter.

„Weil ich da allein hingehen will".

„Aber warum denn?"

Sie verdreht die Augen, es entweicht ihr ein Seufzer, dann ist Funkstille. Bedächtig fegt sie die Küche weiter und plötzlich, welch ein Sinneswandel:

„Na gut, aber nur einmal und dafür musst du zwei Wochen hier alles alleine machen".

Zwei Wochen alles alleine machen, geht es mir durch den Kopf, aber das muss ich ja die meiste Zeit sowieso. Es scheint mir ein guter Handel zu sein.

„Okay", mache ich.

Zehn Minuten später schlendern wir am See entlang, erreichen ein zweistöckiges Haus mit roten Klinkern, angrenzend ein breites Tor.

„Halt", bekomme ich ihren Befehl.

„Hier?"

„Ja, hier wohnt Bille", und im gleichen strengen Ton die Ansage:

„Stell dort keine dummen Fragen und mach, was ich dir sage!" (hört sich an, wie unser Vater)

„Ja, mach ich", flüstere ich unterwürfig.

Klar kenne ich Bille, sie geht mit meiner Schwester in eine Klasse, aber dass sie hier wohnt, wusste ich nicht.

Nachdem sie sicher ist, dass ich ihre Botschaft verstanden habe, drückt sie vorsichtig auf die schmiedeeiserne, mit Ornamenten verzierte Klinke der Hoftür. Die schwere Pforte öffnet sich und gibt den Blick auf ein großes Gehöft frei. Ich traue meinen Augen nicht.

„So schön kann ein Hof aussehen?" Gepflastert mit dunkelgrauen glatten Steinplatten, etwas hellere weisen den Weg zur Haustür.

Dieser Hof lässt sich sicher leichter fegen als der zu Hause, denn unserer ist mit Feldsteinen gepflastert. Viel Kraft und Ausdauer sind nötig, ihn halbwegs sauber zu bekommen. Bunte Blumen ranken aus braunen runden Steintöpfen bis zum Boden. Zu Kugeln geschnittene Bäume spenden zwei kleinen schwarzweiß gefleckten Katzen Schatten, die sich in einem mit Efeu bemalten Sandkasten tummeln. Vom Dach, das zwei Scheunen miteinander verbindet, dringt mir ein bekanntes Zwitschern ans Ohr. Auch hier versuchen viele unermüdliche Schwalben, ihren Nachwuchs satt zu bekommen, der ungeduldig in den kunstvoll verklebten Nestern auf Nachschub wartet. Ich deute mit dem Zeigefinder auf die zwitschernde Schar und sage stolz:

„Die haben wir auch".

Der strenge Blick meiner Schwester erinnert mich:

„Ich soll ja meine Klappe halten".

Doch sie antwortet bedrückt:

„Ja, **die** haben wir auch".

Weinreben mit ihren noch unreifen Trauben umrahmen die hellblaue, mit einer rosa Rose bemalte Eingangstür zum Haus.

„Wie schmecken die?", zeige ich zu ihnen hinauf. Ein Pst war die Antwort.

Rechts neben dem Eingang spiegeln sich Sonnenstrahlen im Wasser eines großen runden, aufblasbaren Schwimmbeckens. Als ich hineinfasse, funkelt es wie kleine Sterne.

„Ist warm".

Die verdrehten Augen meiner Schwester geben mir wiederholt ein klares Zeichen.

Es war sicher etwas anderes, hier zu baden, als in unserer mit kaltem Regenwasser gefüllten Zinkwanne.

Sie drückt den weißen Klingelknopf am Türrahmen und nach kurzer Zeit öffnet sich mit Schwung die Haustür.

„Hallo, bist ja schon da", freut sich Bille.

Dann schaut sie zu mir und ihre Miene verdunkelt sich.

„Was will die denn hier?"

„Na, die wollte unbedingt mal mitkommen", rechtfertigt sich meine Schwester.

„Aber nur heute", fügt sie schnell hinzu.

„Aber nur heute!", wiederholt Bille und weist uns den Weg zu ihrem Zimmer.

Sorgfältig trete ich meine Schuhe ab. Den Kopf unterwürfig gesenkt, folge ich den beiden durch den Hausflur, der mit einem grünen Läufer ausgelegt ist. Der Wohlgeruch von Braten, der aus der halbgeöffneten Küchentür in meine Nase kriecht, lässt mir das Wasser im Mund zusammenlaufen. Bille öffnet die Tür. Ich mache es meiner Schwester gleich und ziehe die Schuhe aus. Neugierig richte ich nun mutig meinen Blick nach vorn.

„Was ist das denn?"

Staunend blicke ich mich um und verkneife mir ein bewunderndes ohhhhhh. So also sieht Billes Kinderzimmer aus? Was ist dann eigentlich das, in dem wir schlafen? Es ist eine Abstellkammer, mit zwei Metallbetten, einem alten Schreibtisch und einem alten Schrank. Hier tummeln sich Schmetterlinge, Marienkäfer und Vögel auf der hellgrünen Tapete. Über der Spielecke mit Puppenwagen, Wickeltisch und Puppenbett strahlt eine große gelbe Sonne. Am blauen Nachthimmel über Billes Bett wachen ein Halbmond und viele kleine Sterne über ihren Schlaf. Plüschtiere und Puppen kuscheln auf der Blumenbettwäsche und einer grünen Wiese gleicht der Teppichboden. Neben dem Bett steht ein kleines rundes Tischchen mit einer Nachttischlampe, die einer Glockenblume gleicht. Diese kann Bille beim Einschlafen anlassen, denn nach kurzer Zeit geht sie von ganz allein aus. Durch einen Spalt der geöffneten Schranktür kann ich viele bunte Kleider sehen, obwohl Bille im Sommer immer eine kurze Lederhose trägt.

„Wollt ihr was trinken?"

Scheu sehe ich zu meiner Schwester, denn überwältigt von den Eindrücken bin ich nicht in der Lage, nur ein Wort herauszubringen.

„Ja, Limo", war ihre schnelle Antwort.

„Limo? Hier gibt es Limo? Keinen Malzkaffee?"
Bille verschwindet und ich nehme all meinen Mut zusammen und flüstere:

„Wo hat die denn das alles her?"
Ebenso kam die Antwort geflüstert:

„Ihre Tante wohnt im Westen, die schickt das alles".
Wohnt im Westen? Das verstehe ich nicht, traue mich aber nicht noch einmal zu fragen, denn Bille kommt schon mit einem Tablett, auf dem drei Gläser mit orangener Limonade stehen, zurück.

„Meine erste Limonade, lecker. Die schmeckt mir wirklich besser als Malzkaffee", denke ich und hoffe, es gibt noch ein zweites Glas.

Da sammelt Bille aber schon wieder die Gläser ein und schlägt vor, in den Garten zu gehen.

Es ist nicht weit, nur vom Hof über die Straße. Dann führt ein kleiner Gang zwischen zwei Häusern entlang.

Gut gelaunt kommen wir in ihrem grünen Gartenparadies am See an. Noch ein paar Steinstufen nach unten und unsere Füße trappeln über einen Holzsteg zum Wasser. Angebunden an einem Pfahl schaukelt ein blaues Faltboot im steten Takt der Wellen.

„Oh ja, damit würde ich jetzt gern auf den See hinaus paddeln", freue ich mich, aber nur in Gedanken.

Die Vorfreude währt kurz, denn beim näheren Hinsehen bemerke ich nur zwei Plätze und ganz sicher war da keiner für mich bestimmt. Nach einigen wackligen Versuchen finden meine Schwester und Bille ihren Platz in dem Boot. Ohne weiter auf mich zu achten, paddeln sie geübt davon. Traurig blicke ich ihnen nach, wie sie auf die Insel zusteuern, in deren Nähe ich auf mysteriöse Weise das Schwimmen gelernt habe.

Im Hintergrund der Insel kündigen die Parkbäume mit ihrem gelb-braunen Blätterkleid bereits den nahenden Herbst an. Traurig setze ich mich auf den Bootssteg, lasse meine Beine im Wasser baumeln und sehe kleinen Stichlingen zu, die unbeschwert hin und her schwimmen und Wasserflöhe futtern. Kleine Wellen, vom Paddelboot verursacht, rollen an mir vorbei und platschen ans Ufer.

Nie wieder nahm mich meine Schwester mit zu Bille, aber zu wissen, wohin sie geht, war schlimmer, als es nicht zu wissen.

Später einmal frage ich meine Mutter:

„Warum haben wir keine Tante im Westen"?

„Weil wir alle hier wohnen", antwortet
sie, ohne weiter auf meine Frage einzuge-
hen.

Ein alter Herd und kein Heimweh

An einem Sonnabend, Mama bereitet das Mittagessen vor, mein „Leibgericht" Schwartensülze mit Pellkartoffeln. Der Geruch von Schweinefett breitet sich im ganzen Haus aus und der Gedanke daran, diese graue Pampe auch noch essen zu müssen, löst bei mir schon Brechreiz aus. Der alte Elektroherd hat seine besten Jahre lange hinter sich. Bevor ein Topf auf die Kochplatte gestellt werden kann, muss sie vorgeheizt werden, um überhaupt etwas zum Kochen bringen zu können.

Nachdem ich den Tisch gedeckt habe, meine Mutter wäscht gerade die Kartoffeln im Waschbecken, will ich prüfen, ob die Platte schon heiß genug ist und lege die flache Hand darauf. Ein herzzerreißender Schrei erfüllt das ganze Haus. Panisch renne ich um den Küchentisch, halte die Hand an meinen Bauch und schreie:

„Meine Hand, Mama, meine Hand".

„Kind, was machst du nur wieder!"
Sie fängt mich an der nächsten Tischkante ein und erschrocken betrachtet sie die „Bescherung".

„Mein Gott, du hast dir ja die ganze Hand verbrannt, schnell damit unter den Wasserhahn".
Mein Schrei hält auch Oma nicht mehr an ihrer Nähmaschine. Sie poltert die Treppe hinab. Kreidebleich stürzt sie in die Küche.

„Wat is denn hier nu wedder passiert", keift sie Mama an.

„Na, sieh selbst, wat hier wedder passiert is", kontert sie barsch.
Inzwischen hat sich mein Handteller in viele kleine Blasen verwandelt. Den Kopf schüttelnd holt Oma eine Tube Brandsalbe aus der Schublade des Küchenschrankes und verteilt den cremigen Balsam vorsichtig auf der Wunde. Ich

genieße es, auf ihrem Schoß zu sitzen und liebevoll versorgt zu werden.

Nachdem sie meine Hand mit einer Mullbinde umwickelt hat, nimmt sie den Zipfel ihrer Schürze, wischt mir die Tränen vom Gesicht, gibt mir einen feuchten Kuss auf meine Wange und flüstert mir leise ins Ohr:

„Lass man, bis du heiratest ist alles wieder gut".

Sie sollte recht behalten.

An diesem Tag setzt sich meine Mutter einmal gegen meinen Vater durch, der es niemals duldet, dass nicht gegessen wird, was auf den Tisch kommt. Heute aber vereinen sich kleine gelbe Butterflöckchen mit den Kartoffeln auf meinem Teller. Papa sagt keinen Mucks.

„Hat auch einen Vorteil, sich mal die Hand zu verbrennen", kommt es mir in den Sinn, muss aber nicht jede Woche sein.

Mal wieder befreit von allen Arbeiten zu Haus, kann ich mich in aller Ruhe aufs Lernen konzentrieren. Wolfi bemerkt später beiläufig mit einem Augenzwinkern:

„Du solltest dir öfter mal die Hand verbrennen, das tut deinen Zensuren wirklich gut".

Fünf Wochen später, an die Blasen erinnern nur noch ein paar trockene Hautfetzen, ist es soweit. Die vom Hausarzt beantragte Kur für mich wurde genehmigt.

„Du musst zur Erholung, weil du so klein und dünn bist", teilt mir meine Mutter eines Abends beiläufig mit.

„Zur Erholung? Wohin denn? Ist das weit weg?", löchere ich Mama, denn so ganz geheuer erscheint mir es nicht, weit weg von zu Hause zu sein.

„Es wird dir gefallen und du bist ja dann auch bald wieder da", war ihre einzige Antwort.

Da Widerworte und eine eigene Meinung nicht erwünscht sind, füge ich mich meinem Schicksal. Fünf Tage später hole ich Omas alten Koffer vom staubigen Dachboden, wische ihn gründlich ab und Mama verstaut für sechs Wochen meine Sachen darin. Viel war es sowieso nicht. Ehe sie ihn endgültig schließt, hole ich noch schnell meinen Teddy.

„Mama, warte, der muss noch mit!"

„Ja, den hätten wir ja fast vergessen", streichelt sie behutsam über meinen Kopf. Am frühen Morgen der Abreise wuchtet sie ihn auf den Gepäckträger ihres Fahrrades. Wir machen uns zu Fuß auf den drei Kilometer langen Weg zum Bahnhof. Dort wartet bereits eine fremde Frau und nimmt mich am einfahrenden Zug in Empfang. Nach einem kurzen berührungslosen „tschüss" klettere ich in das Abteil und finde Platz auf einer Holzbank am Fenster. Meine erste Zugfahrt führt mich in ein unbekanntes Nirgendwo. Der schrille Ton aus der Trillerpfeife des Schaffners ertönt, die Dampflok schnauft und mit einem Ruck setzen sich die Wagen in Bewegung. Ich sehe meine Mutter noch winken, wusste aber nicht so recht, was hier mit mir geschieht.

Einer langen monotonen Zugfahrt, bei der nicht viel gesprochen wurde, folgt ein ausgedehnter Fußmarsch. Am frühen Abend erreichen wir eine alte Villa. Mattes Licht fällt durch einen Spalt der Vorhänge in den Garten und gibt den Bäumen und Sträuchern etwas Gespenstisches. Meine Hand klammert sich jetzt an die der Betreuerin und ängstlich flüstere ich:

„Muss ich jetzt hier bleiben?"

„Ja, du wirst staunen, wie schön es hier ist" und streichelt meine errötete Wange. Durch die große braune Eingangstür gehen wir in den Flur. Die Luft ist erfüllt von einem Mix aus Bohnerwachs und Kräutertee. Meine Betreuerin klopft an eine Tür, die schnell geöffnet wird. Wir treten ein und viele kleine Mädchenaugen sehen mich neugierig an. Gemeinsam wünschen sie uns einen guten Abend.

„Das ist die Neue, sie heißt Dorina", werde ich kurz vorgestellt. Ich setze mich auf den mir zugewiesenen Stuhl an einem der kleinen Tische. Schüchtern blicke ich mich um, doch alle haben sich bereits wieder ihren Butterstullen, Kräutertee und Möhrensalat zugewandt. Nach dem Abendessen duschen wir im Keller und ziehen dort auch gleich unsere Nachthemden an. Da ich keinen Bademantel besitze, bringt mir eine Erzieherin einen gelben mit Kapuze und sagt:

„Wenn du wieder nach Hause fährst, darfst du ihn mitnehmen".
Überrascht schaue ich sie an.

„Wirklich, das ist jetzt meiner?", frage ich, um sicher zu gehen, dass es auch wirklich so ist.

„Ja, du kannst es mir glauben".

Ich schmiege mich an ihre Hand und blicke zu ihr hoch.

„Dankeschön, der ist ja wirklich kuschelig".

Nach dem Zähneputzen suchen wir gemeinsam die Schlafräume auf. Scheu warte ich an der geöffneten Tür. Sechs Betten.

„Welches ist denn für mich?"

Eine Betreuerin nimmt meine Hand, geht mit mir zum hinteren linken Bett, setzt sich mit mir auf die harte Unterlage und zeigt mit dem Zeigefinger auf ein Fach im Regal am Kopfende des Bettes.

„Da kannst du deine Sachen hineinlegen".

Schnell finden die wenigen Habseligkeiten dort ihren Platz. Mit meinem Teddy im Arm schlüpfe ich unter die dünne, fremd riechende Bettdecke. Müde beobachte ich die anderen Kinder. Nachdem das Licht gelöscht ist, die Tür bleibt halb offen, beschäftigen mich noch lange die unbekannten Schatten, die das Flurlicht an die Zimmerdecke zaubert. Ich denke an zu Hause und schlafe erschöpft ein.

Die Zeit vergeht wie im Flug. Eines Tages fangen ein paar Mädchen immer wieder an zu weinen. Ein Geschwisterpaar wird sogar von seinen Eltern abgeholt. Ich kann es einfach nicht verstehen, es ist doch so schön hier. Freundliche Betreuerinnen spielen, malen, wandern und singen mit uns. Kein schlecht gelaunter Vater, keine Hofarbeit, kein Arbeitszettel von Mama, jeden Tag warmes Mittagessen, spielen im Garten, warme Milch, Kakao, Pudding, Götterspeise, jeden Abend warm duschen und, und, und. Es ist sooo schön hier. Ich bin im Paradies.

Eines Nachmittags frage ich eine Betreuerin:

„Warum weinen sie denn nur und finden es nicht schön hier?"

„Die haben ganz doll Heimweh und möchten wieder nach Hause".

„Heimweh? Was ist das denn? Hatte ich noch nie gehört. War wohl eine Krankheit. Hoffentlich bekomme ich die nicht auch noch, denn ich möchte hierbleiben."

Sechs Wochen später schließe ich meine Mama und meine liebe Oma wieder in die Arme und bin sehr glücklich, wieder zu Hause zu sein.

Die neue Kartoffelsammelhose

Die Tage werden kürzer. Über mein dünnes Kleid muss ich jetzt die kratzige Wolljacke ziehen, die Mama aus kunterbunten Resten gestrickt hat.

Im Herbst gibt es an zwei Tagen in der Woche für mich keine To-do-Liste. In dieser Zeit gehe ich aufs Feld der LPG Kartoffeln sammeln und kann mir so ein wenig Taschengeld verdienen. Dafür habe ich eine alte Trainingshose zur Kartoffelsammelkrabbelhose umgestaltet. Zwei Scheuerlappen falte ich zu je einem Quadrat und nähe sie mit einem dicken Faden und einer großen Nähnadel an die Stellen der Hose, an denen die Knie den Acker berühren.

Mama legt mir mittags immer einen Zettel auf den Tisch, worauf der heutige Sammelort beschrieben ist, oft noch mit einer kleinen Skizze. Die Zeit ist klar, immer 14:30 Uhr.

Meine Spezialhose Marke Eigenbau unter dem Arm, mache ich mich auf den langen holprigen Weg und erreiche bald das Kartoffelfeld. Vor den Reihen der bereits ausgepflügten Kartoffeln warten weitere Kinder (Schwesterlein und Bille sind nicht dabei). Hastig ziehe ich die Wunderhose über meinen Rock und unverzüglich fliegen die Knollen in meinen Korb. Ist er fast voll, rufe ich:

„Koooorb"

Und von hinten kommt dann ein leerer „geflogen". Der volle bleibt stehen, bis er von einem Helfer auf dem Wagen entleert wird und wieder zum nächsten Rufer fliegt. Für einen vollen Korb gibt es einen Chip, der schnell in meine Hosentasche verschwindet. Abends werden die Chips gezählt und noch auf dem Feld in Geld umgetauscht. Ohne Umweg bringe ich einen Teil des Lohnes zum Dorfbäcker. Zwei Streuselschnecken versüßen mir den restlichen Heimweg.

In meine Schatztruhe, ein braunes Holzkästchen mit zwei Edelweißblüten und einem blauen Enzian bemalt, lege ich den Rest meiner Tagesausbeute und verstecke sie wieder ganz hinten im unteren Fach des alten Schreibtisches in unserem Zimmer. Vom Verziehen der Rüben im vergangenen Frühjahr hatten sich dort schon einige Scheinchen versammelt. Im nächsten Sommer will ich nicht mehr in Mamas altem Badeanzug schwimmen gehen, da muss was Neues her.

Am ersten Schultag nach den Ernteferien versammeln sich alle Schüler in Pionierkleidung zum morgendlichen Fahnenappell auf dem Schulhof. Nach einer kurzen Ansprache des Direktors gibt es wie in jedem Jahr Auszeichnungen für die fleißigsten Kartoffelsammler. Na, wer durfte denn in diesem Jahr nach vorn gehen? Nicht Bille, nicht meine Schwester, nein, in diesem Jahr hatte ich die meisten Kartoffelkörbe gefüllt. Aufgeregt kringele ich

den Zipfel meines roten Pionierhalstu-
ches um den Zeigefinger und folge der
Aufforderung des Direktors, aus der
Menge herauszutreten. Mit großer
Freude nehme ich die Auszeichnung ent-
gegen. Es ist ein Duden mit Widmung:

„Beste Kartoffelsammlerin des Jahres
1963"

Stolz stelle ich mich wieder zu den anderen und kann das Grinsen gar nicht mehr
aus meinem Gesicht bekommen.

Keine Weihnachtsgeschenke

Kalter Wind pustet den Schnee durch den Garten und baut kleine Wehen auf, die an eine Mondlandschaft erinnern. Vorwiegend Spatzen und Meisen flattern wild um das alte Vogelhäuschen.
Über den Ställen auf unserem Hof befindet sich der Kornboden. Hier lagert das Getreide, bis es zur Mühle gebracht oder verfüttert wird. Auf den schneebedeckten morschen Stufen hangele ich mich vorsichtig hinauf. Mit dem mitgebrachten Gänseflügel - Oma nennt ihn immer Fitchen - fege ich aus allen Ecken und Ritzen Körner in eine Brötchentüte. Mein Vater erwischt nie alle. Achtsam klettere ich wieder hinunter, denn Papa verbot es mir, die morsche Treppe zu betreten. Durch die weiße Pracht stapfe ich zum Vogelhäuschen und schütte den Inhalt hinein.
In den dünnen Gummistiefeln verwandeln sich meine Füße schnell zu kleinen

Eiszapfen, da kann nur Oma helfen. Unten an der Treppe ziehe ich sie aus und krieche auf allen Vieren hinauf.

„Na, ist was passiert?", fragt sie erschrocken.

„Nee, nix passiert, warum?"

„Na, du kommst heute so langsam hoch geschlichen?"

„Oh Oma, mir ist so kalt, auch meine Füße, kannst du sie mir bitte wärmen?"

„Natürlich meine Kleine, setz dich in den Sessel. Ich rubbele sie gleich".

„Es riecht wieder nach Schnee", meint Oma beiläufig, als sie ihre warmen Hände an meine Füße hält und zu rubbeln beginnt.

„Wie, es riecht nach Schnee", frage ich verwundert.

„Ja, der Himmel ist so grau und die Luft, na, sie riecht eben nach Schnee".

„Dann bleibt er wohl bis Weihnachten liegen?"

„Ja, mein Kind, und es wird noch mehr geben".

Noch mehr Schnee? Das bedeutet für mich: jeden Morgen sehr früh aufstehen und vor dem Schulbeginn auf dem Gehweg vor unserem Haus, von Tante Witt bis zu unserer Scheune, den Schnee an die Seite zu fegen.

Heute ist nun endlich der Heilige Abend. Es hat noch einmal tüchtig geschneit, wie Oma es vorausgesagt hat.

Die Ärmel an den warmen Mänteln, die wir im letzten Jahr zu Weihnachten bekamen, konnte Oma verlängern und so passen sie in diesem Jahr auch noch. Waren jetzt etwas längere Jacken. Nur an Sonn- und Feiertagen dürfen wir sie tragen.

An jeder Hand eines ihrer „Zwillinge", stapfen wir mit Mama durch den frischen Schnee zum Gottesdienst in die Kirche. Papa macht es sich in der Zeit zu Haus "gemütlich".

Mama drückt vorsichtig die schmiedeeiserne Klinke der großen Holztür zum Kirchenschiff, die sich knarrend öffnet. Viele Dorfbewohner waren schon versammelt. Mama schaut in die Runde nach freien Plätzen, entscheidet sich dann doch, mit uns nach oben auf die hölzerne Empore zu gehen.

„Ihr könnt dann besser sehen", erklärt sie kurz.

Mit jedem Schritt auf den ausgetretenen Holzstufen knackst es hörbar. Bei drei Personen? Na ja, es war ganz schön laut. Ich schaue kurz zu Mama hoch und grinse, sie hält den Zeigefinger auf ihren Mund, das Zeichen, ruhig zu sein.

Zum Kindergottesdienst durften wir hier nicht hochgehen. Darum sind wir umso erstaunter von der Größe und Weite des Kirchenraumes, die man von unten gar nicht so erfassen kann. Ehrfürchtig setzen wir uns in die erste Reihe und schauen hinunter.

Rechts und links neben dem Altar ragt je ein riesiger Weihnachtsbaum bis fast zu der getäfelten Decke. Sie sind nur geschmückt mit weißen Wachskerzen, die gerade angezündet werden. An einem langen Stab ist dazu eine weitere Kerze angebunden. Sie wird angezündet und Stück für Stück alle Kerzen am Baum damit zum Leuchten gebracht. Über dem Altar thront die prächtige Orgel auf ihrer eigenen Empore. Sie stammt aus dem 18. Jahrhundert und wird von mehreren Säulen gestützt.

Plötzlich verstummt das Gemurmel im Raum. Mama bittet uns aufzustehen, denn der Pfarrer schreitet zum Altar und der Gottesdienst beginnt. Nach seiner einfühlsamen Begrüßung und einer kurzen Predigt ertönt die Orgel und wir singen die alten bekannten Weihnachtslieder.

Nach einer guten Stunde drängen sich die Menschen durch die enge Kirchentür nach draußen in die klare winterliche Nacht. Durch das Geschiebe verliere ich die Hand meiner Mutter. Selbst draußen von der oberen Stufe der glatten Steintreppe, die zur Kirche führt, kann ich sie in dem Gewimmel nicht erblicken. Kurz entschlossen mache ich mich auf den Weg zu Onkelchen, da haben wir früher oft den Heiligen Abend verbracht.

Eilig tapse ich die lange Treppe zu den Wohnräumen hinauf. Viele Mäntel haben bereits einen Platz an der Garderobe gefunden. Im warmen Flur duftet es nach Tannengrün, Glühwein und Bratapfel. Langsam öffne ich die Wohnzimmertür und blicke mit geöffnetem Mund, dem ein langes ohhhhh entweicht, auf den bis zur Decke reichenden geschmückten Tannenbaum. Unter ihm stapeln sich große und kleine bunt verpackte, mit goldenen Schleifen verzierte Geschenke. Schüchtern suche ich im matten Kerzenlicht in der Schar singender Verwandter, die von

Tantchen am Klavier begleitet werden, meine Mutter. Verwundert über meinen nicht geplanten Besuch kommt Oma Frieda zu mir und flüstert:

„Na, hat dich der Weihnachtsmann gebracht?".

„Nein, ich suche Mama, wir haben uns an der Kirche verloren".

„Na, die wird zu Hause sein und macht sich bestimmt schon Sorgen, wo du wohl bleibst."
Eilig trete ich den Rückzug an. Beim Versuch, auf der Treppe meine Jacke zuzuknöpfen, verfehle ich die letzte Stufe. Begleitet von lautem Gepolter mache ich Bekanntschaft mit dem großen braunen Fußabtreter aus Rosshaar.

„Mädchen!", kam ein erschrockener Ruf von oben.

„Nix passiert, Oma, tschühüss", winke ich ihr im Gehen zu und kleine Stiefeltapsen verewigen sich im frischen Pulverschnee.

Ich genieße die geheimnisvolle Dunkelheit. Aus Schornsteinen steigt weißer Rauch steil empor. Mattes Straßenlicht, funkelnder Schnee und eine himmlische Ruhe. Ich verlangsame meine Schritte und knie mich unter eine Straßenlaterne in die weiße Pracht. Viele kleine glitzernde Schneesterne rieseln durch meine eiskalten Finger. Verzaubert von der neu entdeckten Schönheit des Winters, vergesse ich die Zeit. Meine kalten Füße bringen mich dann doch in die Realität zurück. Ich klopfe den Schnee von meiner Kleidung und flitze los. Aus fremden Fenstern huschen bunte Lichter an mir vorbei. Verschwitzt erreiche ich unser Haus.

„Mein Gott, wo warst du denn wieder?", empfängt mich meine Mutter erleichtert im Flur.

„Bei Onkelchen, ich dachte, wir sind da".

Sie nimmt mir die nasse Mütze vom Kopf und hilft mir aus der Jacke.

„Komm rein, der Weihnachtsmann war schon da".

„Er war schon da?"
Irgendwie bekomme ich ihn nie zu Gesicht. Die Geschenke hat er sicher auch schon wieder ausgepackt. Vorsichtig betrete ich das warme Wohnzimmer und gleich kriecht mir Zigarettenqualm in meine Nase. Der Weihnachtsmann hat in diesem Jahr Erbarmen gezeigt, es gibt keine Bettwäsche, aber auch sonst ist der Platz auf dem kleinen Anstelltisch leer. Ich denke an die wunderschön verpackten Päckchen mit goldenen Schleifen bei meinen Cousinen und platze mal wieder unüberlegt heraus:

„Gibt es dieses Jahr keine Geschenke?".

„Warst du denn immer artig?", kommt die Gegenfrage von Mama.

„Nein, aber ich hatte auch nicht immer Schuld", versuche ich mich zu rechtfertigen.

„Habe mir doch so sehr Skier gewünscht", schluchze ich mit gesenktem Kopf.
Heiße Tränen rollen über meine noch eiskalten Wangen.
Meine Schwester durfte immer die alten Skier meines Vaters benutzen. Ich sah ihr oft sehnsüchtig nach, wenn sie damit im tiefen Schnee in Richtung Acker verschwand. Aber da ist nichts. Keine Bettwäsche, keine Skier, einfach keine Geschenke.

„Na, ist ja schon gut, schau mal hinter dem Sessel", hat Mama Erbarmen mit mir.

„Hinter dem Sessel?", schaue ich sie ungläubig an.
Sie zeigt auf den Sessel am Fenster, hinter dem ich mich im Sommer versteckte, als

der Blitz Nachbars Scheune in Brand setzte.

Ich traue meinen Augen nicht! Da liegen sie, meine heiß ersehnten, nagelneuen, blitzeblanken braunen Skier. Ich falle Mama um den Hals und gebe ihr einen langen Kuss auf die Wange.

„Danke, Danke, Danke, aber das sind nur meine!", fordere ich gleich eine Bestätigung.

„Die muss ich nicht teilen!".

„Nein, du musst sie nicht teilen, es sind nur deine."

Nun sage ich auch Papa Danke, obwohl er sicher nichts damit zu tun hat. Umgehend blicke ich zu meiner Schwester und wiederhole langsam Wort für Wort, will doch ganz sicher sein, dass sie es auch wirklich verstanden hat.

„Das sind nur meine, die muss ich nicht teilen!".

Nun habe ich endlich eigene Skier und kann für kurze Zeit in die Freiheit entfliehen.

Gleich am nächsten Morgen probiere ich sie aus. Es hat noch einmal geschneit. Das winterliche Wetter mit Sonnenschein und blauem Himmel ist wie geschaffen für meinen ersten Ausflug. Vorbei an der Schicksals-Armbruch-Straße, die der Schnee in eine glatte Rutschbahn verwandelt hat, über des Nachbarn Feld in Richtung verhängnisvoller Gösselwiese zu unserer alten Mühle. Spuren hungriger Hasen reichen bis an die Dorfgrenze heran. Hier und da fahre ich an einem kleinen Loch vorbei, die sich die Häschen gruben, die Sasse gibt ihnen Schutz vor dem kalten Wind. Plötzlich springt einer vor mir auf. Hakenschlagend flitzt er davon. Lächelnd schaue ich ihm lange nach und ziehe weiter meine einsame Bahn.

Die Weihnachtsferien sind zu Ende .Um 05:30 Uhr weckt mich mein Vater mit dem Befehl:

„Aufstehen, Schnee fegen!"
Als ich mit dem Besen an der Haustür ankomme, traue ich meinen Augen nicht. Der Schnee reicht mir bis an die Knie. Nach zwei Stunden ist der Weg rechts und links am Haus frei gefegt. Meine Eltern haben bereits das Haus verlassen und gehen ihrer Arbeit nach. Schnell ein wenig kaltes Wasser ins Gesicht, einen harten Prillecken in den warmen Malzkaffee gestippt und zügig stapfe ich zur Schule. In der vierten Stunde fallen mir fast die Augen zu.

Frühlingsgefühle

Und es muss doch Frühling werden. Ein Wunder der Natur. Tage werden länger, kleine Blätter sprießen, aus winzigen Knospen erwachen farbenprächtige Blüten und jeder wärmende Sonnenstrahl ermuntert die Vögel zum Zwitschern. Ein immerwährendes Erwachen aus einem langen kalten Schlaf. Im Deutschunterricht, der Jahreszeit angepasst, geht es um Frühlingsgedichte. Die Hausaufgabe ist, eins auswendig zu lernen

Zitat

Eduard Friedrich Mörike schrieb 1829 eines der bekanntesten und beliebtesten Frühlingsgedichte. Es sind schwungvolle Zeilen. Das „blaue Band" verbindet romantische Sehnsucht mit dem Blick auf den blauen Frühlingshimmel. Für die Zeitgenossen, an die sich Mörike wandte, war der Frühling nicht nur eine blütenreiche Jahreszeit. Er bedeutete auch das Ende des Winters, den die damalige

Generation noch als kalt, frostig, trüb und in schlecht beheizten Wohnungen erlebt hat. So wurde der Frühling mit besonderer Freude begrüßt.

Frühling lässt sein blaues Band
von Eduard Friedrich Mörike.

Frühling lässt sein blaues Band
wieder flattern durch die Lüfte.
Süße wohlbekannte Düfte streifen
ahnungsvoll das Land.
Veilchen träumen schon,
wollen balde kommen.
Horch, von fern ein leiser Harfenton!
Frühling, ja du bist´s!
Dich hab ich vernommen!

Weil mal wieder keine Zeit zum Lernen war, nehme ich heimlich eine Taschenlampe mit ins Bett, denn unter der Bettdecke bin ich ungestört. Das Gedicht muss ich schon selber lernen, dabei kann mir

Wolfi nicht helfen. Am nächsten Tag stabilisiere ich mit einer Eins meine ohnehin sehr gute Literaturzensur. Die Lerninhalte von Physik und Mathe sträuben sich dagegen sehr, in meiner Erinnerung zu bleiben. Anders im Fach Musik. Hierfür sollen wir heute einen neuen Lehrer bekommen.

Langsam öffnet sich die Tür zu unserem Klassenraum. Unser schlechter Ruf ist uns sicher vorausgeeilt, doch alle sind still, als können wir kein Wässerchen trüben. Ein kurzer scheuer Blick in die neugierige Meute und mit kleinen Schritten, fast tänzelnd, tragen die nicht zu langen Beine einen schlanken wohlgeformten Körper an den Lehrertisch. Eine kleine blonde Strähne, die sich auf seiner Stirn verirrt hatte, streicht er schwungvoll an ihren Platz zurück, wobei er den Kopf ein wenig in den Nacken neigt. Räuspernd entnimmt er seiner hellbraunen Ledertasche das Klassenbuch, legt es auf den

Tisch und dreht sich zur Klasse. Mit seinem zarten Stimmchen verkündet er:

„Ich heiße Eduardo Trost und bin euer neuer Musiklehrer".

Das „ungetrübte Wässerchen" wird zur Springflut und verwandelt sich blitzartig in schallendes Gelächter. Unser Ruf ist verteidigt und Eddi besteht seine erste Bewährungsprobe.

In jeder seiner Stunden verzaubert er mich mehr. War es die Art, wie seine zarten Finger die weißen und schwarzen Tasten des Flügels gefühlvoll streicheln, wenn er uns mit klarer Stimme Musikbeispiele vorträllert? Oder wie er dabei den Kopf sanft in den Nacken neigt und seine blauen Augen kurz schließt? War es sein Po, der sich bei jedem seiner Schritte in der etwas zu engen Hose knackig präsentiert? Oder seine blitzblank geputzten Schuhe?

Ich bin irritiert von den vielen neuen Sinneseindrücken, die auf mich einströmen.

Träumend lausche ich seinen Ausführungen. Als meine Augen wieder einmal in
seinen zu versinken drohen, ändert er
schnell die Blickrichtung.
Gotthold Ephraim Lessing brachte es einmal auf den Punkt:

Zitat

*„Es ist dieser Zauber, der mit Worten nicht
zu beschreiben ist, aber unsere Seele wie eine
Saite zum Klingen bringen kann, der fähig ist,
aus unseren tiefsten Empfindungen, unseren
geheimsten Wünschen und Erinnerungen,
erst ganz leise und zart und dann gewaltig
wie das Brausen eines Sturmes eine Melodie
zu formen, die uns nicht mehr loslässt und
uns so viel geben kann".*

Das Brausen dieses Sturmes treibt mich
zu Höchstleistungen, die sich nicht nur
beim Lernen unter der Bettdecke, sondern auch in seinem Unterricht offenba-

ren. Nach kurzer Zeit steht im Klassenbuch eine Eins im Fach Musik, die sich dort hartnäckig hält und sich auch auf meinem Abschlusszeugnis verewigen sollte.

Nach jeder Musikstunde schwebe ich auf rosa Wolken in die Pause.

Frühling heißt aber auch, nach der Schule wieder auf dem Acker Rüben verziehen.

Meine „Kartoffelsammelwunderhose" hatte ich im Herbst in der Flurabstellkammer verstaut und muss nicht wieder extra Scheuerlappenflicken aufnähen. Die Krabbelei auf dem steinigen Boden macht mir zu schaffen, doch die Aussicht auf die Vesper-Pause lässt mich die schmerzenden Knie ertragen.

Die Bauern im Dorf schlachten in jedem Jahr mindestens ein fettes Schwein und ebenso fällt auch die ersehnte Vesper aus.

Nach zwei Stunden Knierutschen und Pflänzchen auszupfen ertönt endlich der ersehnte Ruf der Bäuerin:

„Pause".

Am Feldrand lüftet sie das Geheimnis ihrer großen Kiepe. Richtig große fette Butterstullen kommen ans Licht. Für jeden gibt es ein großes Stück Bratwurst mit Pelle, gleich auf die Faust. Und, was sonst, Malzkaffee.

„Warum schmeckt der hier viel besser als zu Hause?"

Wer nach Bratwurst- und Leberwurststulle noch kann, darf sich ein Stück Topfkuchen nehmen. Natürlich kann ich noch. Danach vergehen die nächsten Stunden wie im Flug. Nach getaner Arbeit kommt das Beste, die Belohnung. Kein Kleingeld, wie beim Sammeln der Kartoffeln, nein, hier gibt es einen Schein, einen Fünf-Mark-Schein.

Staub, Schweiß und die Vesper haben in meinem Gesicht ihre Spuren hinterlassen, als ich müde, aber immer noch satt, mit der alten Hose unter dem Arm, durch die Felder nach Hause bummele. Dem Bäcker brauche ich heute keinen Besuch abstatten - und das Abendbrot kann heute auch gern ausfallen. Ich bin immer noch so schön satt.

Mama steht am Gartenzaun und hält Ausschau nach mir, denn ich habe mich mal wieder ganz schön verträdelt. Von weitem wedele ich glücklich mit dem Fünf-Mark-Schein und halte ihn meiner Schwester unter die Nase, die auch gerade nach Hause kommt.

„Teile doch bitte das Geld mit deiner Schwester", bittet mich Mama.

Mutig erhebe ich meine Stimme:

„Ich soll das Geld mit meiner Schwester teilen? Warum? Ich habe gearbeitet. Ich habe schmerzende Knie. Das habe ich verdient und das ist meins!"

Sie merkt schnell, dass hier nichts zu machen ist. In einem unbeobachteten Moment schleiche ich ganz leise die Treppe zu unserem Zimmer hinauf und füttere mein kleines geheimes Kästchen.

Nun sollte das Geld eigentlich für einen neuen Badeanzug reichen. Obwohl die alte Montur meiner Mutter jetzt passt, es waren mir doch die hämischen Blicke anderer Mädchen im letzten Sommer nicht unbemerkt geblieben.

„Morgen, ja, morgen ist mein großer Tag, mein Badeanzugkauftag".

Kein neuer Badeanzug

Es ist Montag. Irgendwie vergehen heute die Unterrichtsstunden viel schneller als sonst.

Aufgeregt flitze ich von der Schule auf dem kürzesten Weg nach Hause.

„Heute nur Geschirr abwaschen", hurra.

„So kann ich das ersehnte Vorhaben in die Tat umsetzen."

Meinen kleinen Schatz fülle ich in eine alte Papiertüte und mache mich auf den Weg zum einzigen Gemischtwarenladen im Ort. Hier gibt es, wie Mama immer sagt, alles und nichts. Schüchtern öffne ich die Eingangstür und der oben an ihr angebrachte Hebel schlägt gegen eine Glocke. Bim, bim und die Köpfe aller Ver-käuferinnen und Kunden drehen sich blitzartig zur Tür.

„Guten Tag", wünsche ich allen und bekomme den gleichen Gruß zurück.

„Naja, nun wissen alle, dass ich es bin".

Durch die halb geschlossenen Rollläden,
dringt wenig Licht in den schlauchähnli-
chen Laden. Da hier alle Waren gemischt
sind, haben sich auch ihre Gerüche gemischt und entsprechend mischen sie
meine Nase auf. Ein Nießen ist die Folge
und von allen Seiten kommt ein „Gesund-
heit".

„Danke", grinse ich.
Über das graue abgetretene Linoleum,
das hier und da kleine Blasen wirft, die
zum Teil geplatzt sind, steuere ich unbe-
irrt durch die Lebensmittelabteilung,
lasse die Lagerflächen mit Waschpulver
und Eisenwaren hinter mir und stehe
endlich vor dem Regal, das sparsam mit
Bademoden gefüllt ist.

„Endlich einen eigener neuer Badeanzug", grinse ich und erforsche tastend
den Stapel Badewäsche.

„Was darf's denn sein?", erschrocken
ziehe ich meine Hände zurück.

„Bitte einen neuen Badeanzug", erwidere ich fest entschlossen.

„Das ist kein Problem, wir haben nur neue. Welche Größe darf es denn sein?"

„Meine Größe bitte", antworte ich ehrfürchtig.

„Oder sollte es doch lieber ein Bikini sein?", kam die nächste Frage mit einem ironischen Unterton.

„Ein Bikini? Mein Vater haut mir den glatt um die Ohren, wenn ich damit nach Hause komme", durchfährt es mich.
Doch ich überlege. Mmmm.

„Wann sieht er mich denn im Bikini? Beim Baden nicht und zu Haus ziehe ich ihn sowieso nicht an. Außerdem ist es mein Geld. Mein hart verdientes Geld! Damit darf ich machen was ich will!"
Bis mein kleines Gehirn diese vielen Dinge, die bedacht werden müssen, verarbeitet, höre ich mich wie fremd gesteuert sagen:

„Ja, bitte einen Bikini".

Kurz darauf befinde ich mich in der Umkleidekabine mit einem blauen und einem kunterbunten Zweiteiler.

Das blaue Oberteil ist mir viel zu groß, da passt vielleicht meine Schwester hinein.

Ich erinnere mich an ihren blöden Spruch:

„Siehst aus wie Schneewittchen, ohne Ar... und ohne T...chen".

Nun der Bunte. Ich drehe und wende mich vor dem Spiegel, ziehe hier und zupfe da.

Mit zwei kleinen Stückchen Stoff bekleidet sieht mich aus dem Spiegel ein lächelndes glückliches Mädchen an. Ohne noch einmal zu überlegen rauscht der Vorhang zur Seite und stolz verkünde ich der Verkäuferin:

„Der passt, den nehme ich".

An der Kasse schütte ich meine Tüte aus. Neben 5-Mark-Scheinen und Münzen purzeln auch ein paar harte Brötchenkrümel auf den Ladentisch. Erschrocken schaue ich die Kassiererin an. Mit einem

Augenzwinkern und einem Lächeln
wischt die nette Verkäuferin sie mit der
Hand kommentarlos vom Tisch.

„Hast aber ordentlich gespart", lacht
sie und zählt eilig das Kleingeld.

„Ja, habe ich verdient, war Kartoffeln
sammeln und Rüben verziehen".

„Toll, bist ja ein fleißiges Mädchen". Sie
schreibt den Kassenzettel und steckt ihn
zum Bikini in eine saubere Tüte. Stolz
verlasse ich mit meiner ersten großen Errungenschaft den Laden. Zwanzig Pfen-
nig sind übrig geblieben. Da ich sowieso
am Bäckerladen vorbeikomme, tausche
ich diese natürlich wieder gegen Streuselschnecken ein.

Kribbeln im Bauch

Unverhofft fallen heute die letzten zwei Unterrichtsstunden aus. Unser Sportlehrer hat sich den Knöchel beim Fußball verletzt. Was liegt da näher, als meinen neuen Bikini auszuführen. Die Hausarbeit geht mir schnell von der Hand. Kurze Zeit später haste ich die Treppe hinauf und nehme die Papiertüte mit dem Bikini aus meinem Geheimfach. Ich ziehe schnell meine Kleidung aus und schlüpfe hinein. Natürlich kommt das Kleid wieder darüber.

Gut gelaunt schlendere ich zum „Strand". Die Freundinnen sitzen ungewöhnlich ruhig auf ihren Decken, tuscheln und kichern. Sie beobachten die Jungs der neunten Klasse. Mit tollpatschigen Verrenkungen versuchen diese, ihre Dreiecksbadehosen unter die kurzen Hosen zu ziehen. Es scheint nicht einfach zu sein, „alles" in zwei kleine dreieckige Stücke Stoff zu verpacken. Aus den je zwei

Bändern an den Seiten wird dann eine Schleife gebunden, die den kostbaren Inhalt zusammenhalten soll.

Verlegen ziehe ich mein Kleid aus und scherze mutig:

„Na, hoffentlich geht da mal nicht eine Schleife auf".

Wäre ja mal interessant zu sehen, was da so akribisch verpackt wird.

Da kommt Bernhard auf mich zu und säuselt mir leise ins Ohr:

„Na, hoffentlich geht da mal nicht dein BH auf".

Geschockt setze ich mich auf meine Decke. Wieder waren es klare blaue Augen, die aber heute in meinen Augen zu versinken drohen. Ich ändere verunsichert die Blickrichtung, denn plötzlich ist es wieder da, das wohlige Gefühl, dass mich immer im Musikunterricht fesselt, nur heute paart es sich mit einem unbekannten Kribbeln im Bauch.

Der Sommerwind pustet dem zwei Jahre älteren Bernhard die dunkelblonden Haare wild durcheinander. Viel Sonne hat sein großer schlanker Körper in diesem Sommer noch nicht gesehen, denn er gleicht einem Kalkeimer. Zwei kleine Grübchen neben seinen schmalen Lippen offenbaren sich nur, wenn er lächelnd zu mir schaut, was wiederum die Schmetterlinge in meinem Bauch zu wilden Tänzen animiert.

Nachdem alle Bändchen an den Badehosen der anderen Jungs sorgfältig verknotet sind, stürzen sie sich wie eine Herde wilder Pferde in den See.

„Kommst du mit ins Wasser?" grinst mich Bernhard an und reicht mir seine Hand, um mir hoch zu helfen.

„Nein, nein, lieber nicht", stammele ich verlegen.

„Schade", lächelt er kurz und tut es den anderen gleich.

Wie gern wäre ich mit ihm ins kühle Nass gesprungen, um ihm vielleicht etwas näher kommen zu können, doch mein neuer Bikini - es war doch etwas ungewohnt, so halb nackt zu sein.

Seitdem begleitet mich Bernhard nicht nur in den Schlaf. Er bestimmt meine Träume. Auch beim Abwaschen und Kartoffeln abkeimen drehen sich die Gedanken nur um ihn. Selbst im Musikunterricht bekommt er die Oberhand. In den Pausen suche ich seine Nähe, um ein süßes Lächeln zu erhaschen.

Das Schuljahr neigt sich dem Ende zu. Seine liebevollen Blicke fehlen mir jetzt schon, denn in den Ferien werden wir uns nicht sehen können. Er kommt wie viele Mitschüler aus einem der umliegenden Dörfer in unsere Schule.

Mit meinem Zeugnis bin ich in diesem Jahr nicht so ganz zufrieden. Denn die Einsen in Musik und Literatur stehen im Schatten der Drei in Mathe und der Vier in Betragen. Das können auch die Zweien in den anderen Fächern nicht wettmachen. Am Abend möchte Mama unsere Zeugnisse sehen. Würde sie sich trotz der schlechten Betragenszensur über meine guten und sehr guten Leistungen freuen können? Nein, natürlich nicht. Ich erhalte eine Standpauke wegen meines schlechten Betragens. Schwesterlein sammelt Dreien und Vieren, doch hat im Betragen eine Zwei, somit war alles gut. Verstehe ich bis heute nicht.

Überraschung im Ferienlager

Seit zwei Jahren fahren meine Schwester und Bille in den Ferien zwei Wochen ins Ferienlager. Lange Zeit muss ich meine Mutter bitten und nerven, bevor sie es mir in diesem Jahr endlich erlaubt. Meine Vorfreude löst bei Schwesterlein nur ein brummiges:

„Musst ja wissen, was du tust", aus und sie entfleucht mal wieder.

„Ja, das weiß ich genau. Zwei Wochen wirkliche Ferien, viel Spaß und keine Hausarbeit", denke ich.

Der Treffpunkt ist am Samstag 09:00 Uhr auf dem Schulhof. Ein Sofakissen von Oma wickele ich in zwei Decken, mit einem Riemen wird alles auf ihrem alten Koffer festgezurrt. Meinen Teddy und eine Taschenlampe, die mir Oma noch heimlich zugesteckt hat, verstaue ich in einem Stoffbeutel. Mama trägt unsere Koffer zur Schule. Viele plappernde Mitschüler warten ungeduldig auf den Bus, der sich schon um eine halbe Stunde verspätet hat. Doch es kommt kein Bus. Ein alter LKW der LPG holpert über die staubige Straße heran. Auf der Ladefläche steht ein Holzgestell, das mit einer Plane überzogen ist. Diese soll die aufgestellten wackligen Bänke mit ihrer zukünftigen Fracht vor Wind und Regen schützen. Der Fahrer steigt aus und entschuldigt sich.

„Der Bus hat leider eine Panne. Wollt ihr lieber hierbleiben oder mit diesem Vehikel fahren?"

„Mit diesem Vehikel fahren", tönt es aus der jubelnden Menge.

Schnell helfen die Eltern, alle Koffer unter den Bänken zu verstauen. Dann geht das Gedrängel los, jeder will einen guten Platz erhaschen.

Glücklich winke ich Mama noch kurz zu und schon geht es los.

Der Fahrtwind bläst durch alle Ritzen. Nach vierstündiger Reise verlässt der

LKW die Straße und biegt rechts auf einen aufgeweichten Waldweg ab. Waghalsige Manöver schütteln uns noch einmal tüchtig durch, denn nur so kann der Fahrer den Bussen ausweichen, die ihre „Fracht" aus anderen Schulen bereits abgeladen haben und auf dem Rückweg sind. Am Ziel angekommen, hopst die aufgeregte Schar nacheinander vom Wagen, wobei helfende Hände darauf achten, dass jeder unversehrt den Boden erreicht.

Hinter der Verpflegungsbaracke beziehen je sechs Mädchen eines der runden Zelte. Meine Klassenkameradinnen helfen mir eine Decke um den Strohsack zu wickeln, der als Unterlage dient, die andere ist meine Zudecke. Kissen ans Kopfende, Teddy drauf, fertig.

Nach Königsberger Klopsen und einer Stunde Mittagsruhe versammeln sich alle zum ersten Fahnenappell. Nach kurzen netten Begrüßungsworten gehen wir auf

Erkundungsstreifzug. Hinter dem Maschendrahtzaun, der das Camp eingrenzt, schlendern wir auf einem Sandweg durch ein kleines Kiefernwäldchen, begleitet von Vogelgezwitscher und vom Duft der Tannen, Pilze und feuchtem Moos. Warmer Sommerwind streichelt meine leicht bedeckten Schultern und Bernhard schleicht sich wieder in meine Gedanken. Da tut sich plötzlich am Ende des Weges der Wald auf und ein großer blau schimmernder See zeigt sich im hellen Sonnenlicht. Kleine Wellen beenden ihre Reise plätschernd im dichten grünen Schilf, aus dem sich mit lautem Krächzen ein Fischreiher erhebt. Bunte Paddelboote schaukeln am verwitterten Holzsteg im Takt der Wellen hin und her.

Am nächsten Morgen holen wir gemeinsam Blätter, Vogelbeeren, Blüten und Zweige aus dem Wald und bringen sie zu unserem Tipi. Viele emsige Finger lassen daraus fantasievolle Muster in unseren

Zeltvorgärten entstehen. Kniend im Sand harke ich letzte Unebenheiten glatt, da höre ich hinter mir eine bekannte Stimme sagen:

„Na, das habt ihr aber toll gemacht, da waren wohl Künstler am Werk?"

„Die Stimme kenne ich doch. Nein, kann nicht sein! Er war doch bei der Abreise gar nicht auf dem Schulhof?"
Langsam drehe ich mich um, schaue auf und traue meinen Augen nicht.

„Wie kommst du denn hierher? Du warst doch gar nicht auf dem Schulhof, als wir abfuhren?", strahle ich Bernhard verwundert an.
Er reicht mir seine Hand und hilft mir aufzustehen.

„Stimmt, wir sind zu Hause abgeholt worden".
Irgendwie leuchten heute seine blauen Augen noch mehr als sonst. Total überwältigt von der Tatsache, dass er wirklich neben mir steht, stammele ich verlegen:

„Ja, schön, dass du hier bist".

Innerlich jubele ich vor Freude und wäre ihm am liebsten um den Hals gefallen. Das Kribbeln in meinem Bauch steigert sich ins Unermessliche. Meine Wangen röten sich wie bei einem schweren Fieberschub und mein Mund ist trocken wie die Sahara. Bernhards Grübchen wollen gar nicht mehr verschwinden und seine Augen versinken so tief in meinen, dass ich nur noch den Wunsch habe, in seine Arme zu sinken. Da beugt er sich zu mir und flüstert in mein Ohr:

„Kommst du morgen nach dem Abendessen mit an den See? Ich würde mich freuen, ich warte am Eingang zum Camp".

„Morgen Abend an den See? Er und ich allein?"

Mein Herz schlägt Purzelbäume.

Zum Zeichen meiner Zusage hebe ich schnell den rechten Daumen und er gesellt sich wieder zu den anderen Jungs.

In der folgenden Nacht leuchtet meine Taschenlampe immer wieder auf die Armbanduhr. Auch der nächste Tag kriecht im Tempo einer Schnecke dem Abend entgegen.

Nach dem Abendessen melde ich mich bei meiner Betreuerin ab und gehe schnellen Schrittes Richtung Tor. Von weitem sehe ich ihn dort schon warten. Nur ein kurzer Blick und gemeinsam verlassen wir den Zeltplatz in Richtung See. Nach der ersten Kurve sucht Bernhard behutsam meine Hand und schweigend genießen wir die neue wundersame Zweisamkeit. Die Sonne hat bereits die Baumspitzen erreicht, als er mir hilft, in das schaukelnde Boot zu steigen. Wie zufällig berühren sich dabei sanft unsere Körper.

Gleichmäßig schieben zwei Paddel das kleine Boot über den spiegelglatten See und kein Wort zerstört den magischen Moment, den Beginn einer jungen Liebe.

Obwohl es noch nicht ganz dunkel ist, leuchtet bereits ein kleiner Stern am blauen Himmel, als wir wieder am Steg ankommen.

„Hat es dir gefallen?", erkundigt er sich, als er mir aus dem Boot hilft und meine Hand nicht wieder loslässt. Lächelnd suche ich seine Augen, nicke und erwidere mutig den leichten Druck seiner Hand. Nie wieder will ich sie loslassen. Langsam gehen wir den gleichen Weg zurück. Zärtlich berühren seine Lippen meine heiße Wange, bevor wir nach der nächsten Kurve die Hände lösen und die kleine Zeltstadt erreichen.

Traurige Heimkehr

Zwei Wochen Ferienlager vergehen viel zu schnell. Nach einer holperigen Rückfahrt werden die Heimkehrer auf dem Schulhof freudig in Empfang genommen. Mama ist noch nicht da, hatte wohl noch nicht Feierabend. So trödeln wir allein mit unseren Koffern nach Hause und verfrachten sie gleich in die Waschküche. Da kommt Mama uns entgegen.

„Ihr seid ja schon da, ich wollte euch gerade abholen, war es denn schön?", sprudelt es erleichtert aus ihr heraus.

„Ja, war sehr schön, im nächsten Jahr fahre ich wieder mit", fordere ich gleich ihre Zusage, die sie mir aber leider schuldig bleibt.

Umgehend „fliege" ich in meinem bekannten „Sauseschritt" die Treppe hinauf, freue mich auf eine warme weiche Umarmung und rufe dabei:

„Omaaaaaaa, ich bin wieder daha".
Niemand antwortet.

Ihr Zimmer wirkt ungewöhnlich aufge-
räumt - und warum ist ihre Nähmaschine
mit einem Tuch abgedeckt? Aufgeregt
haste ich in die Küche zurück.

„Mama, wo ist Oma?"
Mama setzt sich auf einen Stuhl, nimmt
meine Hände und sagt mit leiser Stimme:

„Musst jetzt stark sein, mein Kind. Als
ihr gerade drei Tage im Ferienlager wart,
ist Oma ganz plötzlich gestorben und ges-
tern war ihre Beerdigung".

„Oma gestorben? Warum? Wieso? Sie
war doch nicht krank? Das kann doch gar
nicht sein?".
Ich nehme die Hände vor die Augen, falle
weinend auf die Knie, lege den Kopf in
Mamas Schoß und meine Tränen ergie-
ßen sich auf ihre Schürze.

„Doch, mein Kind, manchmal ist das
so", streichelt sie mir sanft über mein
Haar.

Immer noch weinend zottele ich meinen
Teddy aus dem Beutel und verschwinde

mit ihm unter einer Decke auf Omas Sofa. Hier riecht es noch nach ihr, nach Rheumasalbe und Nähmaschinenöl.

„Sie ist tot, einfach so, sie kommt nie wieder zurück".
Hier kann ich sie noch spüren und Bäche von Tränen sickern ins weiche Sofakissen.

„Wohin flüchte ich nun, wenn mal wieder alle gegen mich sind? Wer nimmt mich in seine Arme, wenn ich traurig bin? Wer hilft mir, wenn ich beim Nähen nicht weiterkomme? Wie man Strümpfe strickt, wollte sie mir auch noch zeigen! Nein, das kann nicht sein! Zwei Wochen ohne sie waren schon viel zu lang und nun soll ich sie niemals wiedersehen?".
Tiefe Sehnsucht erfüllt mein trauriges Herz. Doch es gibt noch eine Möglichkeit, ihr nah zu sein - ihr Grab. Ich schleiche aus dem Haus und hole das alte Fahrrad meiner Mutter aus dem Schuppen. Ohne das große Hoftor wieder zu schließen rase ich über eine Abkürzung, einen holprigen

Feldweg, in Richtung Friedhof. Tränen und Staub trüben meinen Blick. Ich übersehe einen Feldstein und blitzartig stoppt das Fahrrad. Die Fliehkraft befördert mich über das Lenkrad auf den staubigen Ackerboden. Schockiert über den abrupten Abbruch meiner Fahrt, setze ich mich auf. Meine zittrige Hand sucht nach einem Taschentuch, um mir wieder einen klaren Blick zu verschaffen.

„Was war das denn? Blut?"
Vorsichtig versuchen meine schmutzigen Finger, eine brennende Blessur im Gesicht zu finden. Auch der rechte Ellenbogen und das rechte Knie sind nicht verschont geblieben. Mein Rücken schmerzt. Noch schlimmer erging es dem Fahrrad, die vordere Felge hat ihre ursprüngliche Form eingebüßt. Verzweifelt weine ich in mein Taschentuch. Doch was war schon dieser körperliche Schmerz gegen den Schmerz in meinem Herzen, in meiner kleinen Seele.

Kraftlos blicke ich einer Lerche nach, die sich wild flatternd in den blauen Sommerhimmel erhebt.

„Sie darf nicht schlapp machen, wenn sie die Schwerkraft überlisten will, und sie zwitschert sogar noch ein Lied dabei", denke ich.

„Soll ich jetzt schlapp machen, meinen Plan aufgeben? Nein, auf gar keinen Fall. Ich will zu meiner Oma, das schaffe ich auch zu Fuß".
Am Eingang des Friedhofs bemerke ich sofort einen Grabhügel, auf dem frische Blumenkränze abgelegt sind. Letzte Worte und Grüße von Verwandten und Freunden, in goldener Schrift auf weißen Papierschleifen gedruckt, glänzen in der Abendsonne. Da sehe ich meinen Namen. Weinend sinke ich auf die schmerzenden Knie, nehme die Schleife mit zitternder Hand und streichele sie. Nie wieder werde ich die faltige Hand meiner Oma so streicheln können.

Es dämmert bereits, als ich schweren Herzens den Heimweg antrete. Wie fremdgesteuert taumele ich zu dem demolierten Drahtesel. Die letzten Kräfte mobilisierend hebe ich das Vorderteil an und zottelte das Fahrrad Stück für Stück nach Haus. Mama steht schon wartend am Hoftor.

„Kind, wo warst du denn und wie siehst du nur aus?", ruft sie entsetzt, stellt das Fahrrad ab und nimmt mich in ihre Arme.

„War bei Oma", schluchze ich und wieder rollen Tränen über mein geschundenes Gesicht.

Papa kommt dazu und hat mal wieder „getankt". Er ignoriert meine innerlichen und äußerlichen Verletzungen, zeigt nur wortlos mit dem Zeigefinger und einem strengen Blick auf das demolierte Vorderrad:

„Das bringst du wieder in Ordnung, und du fährst nie wieder damit, verstanden?"

Ich nicke, weiß aber nicht, wie ich das hinbekommen soll. Müde entkleide ich mich gleich auf dem Hof, steige ohne einen Mucks in das eiskalte Regenwasser, das auf angenehme Weise meine brennenden Wunden kühlt.

Am nächsten Tag bringt Mama ein komplettes neues Vorderrad mit. Sie dreht das Fahrrad um und unter großem Kraftaufwand löst sie die beiden Muttern an der Vordergabel. Ich tausche das Rad aus, verschraube es so fest ich kann und stelle das Vehikel in den Schuppen zurück.

Mit dem verlängerten Arm meiner Mutter, dem Kochlöffel, mache ich nie wieder Bekanntschaft, denn keinen warmen weichen Zufluchtsort mehr zu haben, hält mich davon ab, unüberlegte und vorlaute Widerworte zu äußern.

Herzloser Befehl

Vier Monate später, am Schlachttag, fehlt meine Oma ganz besonders. Am frühen Morgen treiben meine Eltern und zwei Nachbarn ein Schwein aus dem Stall ins Schlachthaus. Sie versuchen, das wild um sein Leben kämpfende Tier zu bändigen, damit mein Vater den Betäubungsschuss setzen kann. Sonst kniete Oma bereits am Boden und hielt eine Schüssel für das Blut bereit, das nach dem Betäubungsschuss aus der gestochenen Halswunde aufgefangen wird. Es muss mit der Hand ständig gerührt werden, damit es nicht gerinnt und für die spätere Rotwurst verwendet werden kann.

„Du reuerst hüte dat Blaut", befiehlt mir mein Vater und zeigt auf den Platz, an dem sonst Oma kauerte.

„Mama, Mama, das kann ich nicht, ich kann nicht das warme Blut rühren", flehe ich sie unter Tränen an. Doch mein Vater lässt sich nicht erweichen.

„Kumm jetzt her, knie dik hen!", lautet sein Kommando.

Es riecht nach Stall und Kot. Das Schwein schnauft, quiekt und zappelt wild in seinem Todeskampf. Die Helfer müssen ihre ganze Kraft einsetzen, um es halbwegs ruhig zu halten, damit mein Vater den Schussapparat auf die Stirn setzen kann. Jetzt der Schuss, dicht neben mir. Ich bin geschockt. Die Angstschreie des Tiers verstummen schlagartig, doch der fette Körper bebt und zittert. Das Leben in ihm ist noch lange nicht erloschen. Jetzt sticht mein Vater zu. Das Blut schießt in einem breiten Strahl über meinen linken Arm in die Schüssel.

„Reure, reure, schneller, schneller", schreit er mich an.

Plötzlich ergreift eine kräftige Hand meinen rechten Arm und zieht mich mit einem Ruck auf den kalten nassen Boden des Schlachthauses. Meine Mutter nutzt diese hektische Situation, befreit mich von meiner Qual und übernimmt den Platz. Schockiert laufe ich zur Regentonne und versuche, mir das klebrige Blut von dem Arm zu waschen. Oma hätte nie zugelassen, dass ich diese grausame Erfahrung machen muss, aber Mama hatte einfach keine Wahl. Zwei Stunden später sitze ich im Klassenzimmer, schaue aus dem Fenster, denn das gruselige Erlebnis hält mich davon ab, dem Unterricht zu folgen.

Vier auf einem Fahrrad

Endlich ist es wieder Sommer. Die dunklen Wintertage halfen mir nicht gerade, den Verlust meiner Oma zu verarbeiten und meine Traurigkeit zu vertreiben. Lesend verbringe ich nach der Hausarbeit die meiste Zeit auf meinem Bett, denn Omas Sofa steht nun im Schuppen. Mama hat ihre ehemaligen Räume vermietet. Heute aber sollen mich meine Schulfreundinnen Pita und Walli aus der Trostlosigkeit holen. Laut rufend stehen sie vor unserem Haus. Ihr Plan: schwimmen gehen, aber nicht im Teich. Hinter dem Friedhof führt ein zwei Kilometer langer Weg durch die Felder zu einem Wäldchen. Es grenzt an den vor langer Zeit stillgelegten Kiessteinbruch, den Niederschläge mit Wasser gefüllt haben.

„Das ist doch viel zu weit, ich darf das Fahrrad nicht mehr nehmen", winke ich ab.

„Ich habe Kraft und ein großes Fahrrad mit, das geht schon", weist Pita stolz auf ihre starken Armmuskeln und das wirklich riesige Herrenrad ihres Großvaters.

„Darauf haben wir alle Platz, du wirst sehen", versucht sie mich nochmals zu überzeugen.

Hätte sicher geklappt, doch meine Schwester will auch noch mitkommen. Ausgerechnet heute war sie nicht bei Bille. Schnell ziehe ich den Bikini unter mein Kleid und schon geht es los. Bis zum Friedhof schiebt Pita das Rad und wir drei trotten neben ihr her. Außerhalb der Sichtweite neugieriger Blicke verteilt Pita die Plätze.

„Ich sitze auf dem Sattel, lenke und trete die Pedale", erklärt sie.

Walli ist für den Gepäckträger vorgesehen, meine Schwester für die Stange im Damensitz und ich Leichtgewicht für den Lenker. Kein schlechter Plan, so könnten wir in kürzester Zeit dort sein. Walli sitzt schnell hinten auf dem großen Gepäckträger, auch meiner Schwester gelingt es, sich auf der Stange Halt zu verschaffen, trotz Pitas ständigem Kampf mit dem Gleichgewicht. Nur ich habe ein Problem. Bevor mein Hinterteil rückwärts auf dem Lenkrad seinen Platz finden kann, müssen die Füße fest auf den Muttern, die das Vorderrad an der Gabel halten, „haften" bleiben. Durch die Wackelei rutsche ich immer wieder ab. Ehe ich aber nicht sitze, kann Pita die Pedale nicht treten. Zusätzlich bringen hemmungslose Lachattacken das Vehikel so zum Wackeln, dass Pita immer wieder gezwungen wird, die gerade begonnene Fahrt abzubrechen.

„Verdammt noch mal, reißt euch endlich zusammen, sonst kommen wir nie an!", macht sie sich Luft.
Erschrocken von ihrem lauten Wutausbruch, ist uns das Lachen kurzzeitig vergangen. Wir versprechen Disziplin, können dieses Versprechen aber nicht lange

halten. Nach gefühlten drei Stunden fliegen das Fahrrad und unsere Kleider ins
Gras. Pita springt ohne Furcht natürlich
gleich von oben in die Tiefe. Vorsichtig
klettere ich auf einen Felsvorsprung hinunter und hüpfe in das eiskalte Nass. Hier
winden sich keine Schlingpflanzen um
meine Beine und das Wasser ist so klar,
dass ich tief unten braune Loren erkennen
kann, die der ehemalige Besitzer „vergessen" hat. Kleine Krebse krabbeln auf den
Vorsprüngen der Felswände. Gruselig,
gruselig. Schnell klettere ich nach oben,
lege mich ins Gras und die Sonne wärmt
meinen kalten Körper. Wieder so ein end-
los blauer Himmel mit kleinen Wolken.
Es duftet nach reifem Getreide. Kornblumen, Kamille und Mohn wiegen sich
sanft im Sommerwind. Ich setze mich auf
und mein Blick schweift in die Ferne.
Weit hinten am Horizont erblicke ich das
kleine Dorf, in dem Bernhard zu Hause
ist. In Erinnerungen versunken spüre ich

wieder seine weichen Lippen auf meiner Wange und die Geborgenheit, die ich in seiner Nähe empfand.

Unsere Bikinis hat die Sonne bereits getrocknet, als Pita zum „Abflug" ruft. Wieder beginnt ein lustiger Kampf mit dem Gleichgewicht. Am Friedhof bitte ich Pita zu stoppen. Sie protestiert laut, denn gerade hatten wir wieder ein paar Meter fahrend hinter uns gebracht. Doch sie lässt sich erweichen, als ich ihr den Grund nenne.

„Wir gehen aber schon langsam weiter".

„Ja, okay", stimme ich zu.

Schnell sprinte ich zu Omas Grab, knie mich davor, falte meine Hände und flüstere:

„Hallo, meine liebe Oma, ich bin's. Mir geht's ganz gut. Bin jetzt artiger geworden und ich streite mich auch nicht mehr so oft mit meiner Schwester. Du fehlst mir

immer noch so sehr und ich habe dich
ganz doll lieb".

Roger Cicero beschrieb genau dieses Gefühl im Refrain seines Songs:

Zitat

In diesem Moment
Komponist und Texter:
Kiko Masbaum, Martin Felgenschmidt

Und als einer von Millionen,
steh ich hier und schau nach oben,
frag mich wo du gerade bist
und wie es da wohl ist.
Und als einer von Millionen
der an Erinnerungen hängt,
fühl ich, dass du gerade hier bist
in diesem Moment.

Bevor ich die anderen erreiche, wische ich
mir schnell die Tränen ab. Schlendernd
bringen wir den letzten Teil des Weges

hinter uns und zum Abendbrot ist jeder
wieder bei seiner Familie.

Meine Jugendweihe

In diesem Jahr sind diverse Unterrichtsstunden dem Thema Jugendweihe gewidmet, denn im nächsten Monat werden wir feierlich in den Kreis der Erwachsenen aufgenommen. Danach müssen uns alle Lehrer mit Sie anreden. So einfach ist der Schritt von der Jugend zum Erwachsensein. Zur Vorbereitung dieser festlichen Veranstaltung gehören ebenfalls zehn nachmittägliche Jugendstunden, die wir mit Streifzügen in die Geschichte der Arbeiterbewegung, Vorträgen über den Kampf der Sowjetunion im 2. Weltkrieg und langatmigen Ausführungen über die Entwicklung des sozialistischen Gesellschaftssystems verbringen. War danach jedem Mitschüler die Ernsthaftigkeit der Jugendweihe klar geworden, wenn wir geloben, das revolutionäre Erbe des Volkes in Ehren zu halten?

Mich interessiert eigentlich nur, wohin die anschließende Jugendweihefahrt geht und noch viel mehr, dass Bernhard genau in diesen Tagen seine Schulzeit beendet und irgendwo in der Ferne eine Ausbildung beginnt. Würden wir uns je wiedersehen? Wie trostlos werden die Hofpausen sein, ohne unsere verstohlenen Blicke, ohne die heimlichen Berührungen unserer Handrücken beim Betreten des Schulgebäudes nach den Hofpausen. Und ich soll mich jetzt mit dem sozialistischen Gesellschaftssystem auseinander setzen - wie abwegig! Außerdem habe ich immer noch nichts anzuziehen für diesen besonderen Tag.

Mama bittet darum ihren Bruder, meinen Lieblingsonkel, uns bei seiner nächsten Autofahrt in die Stadt mitzunehmen.

Die überschaubare Auswahl der Klamotten macht es nicht einfacher, es muss auch der Preis passen. Mama schlägt ein dottergelbes Kleid vor, schmal geschnitten mit einem weißen Schalkragen. Nachdem sie das Preisschild erspäht, soll es doch vielleicht besser ein schwarzes Kostüm sein. Ich möchte aber gern das gelbe Kleid. Unsere nicht endende Diskussion hört sich Onkelchen geduldig an, nimmt Mama zur Seite und flüstert:

„Das ist ihre Jugendweihe, da sollte sie doch entscheiden".

„Hast du den Preis gesehen?", flüstert Mama in sein Ohr.

„Ja, lass gut sein, ich bezahle das".
Und? Das Mädchen hat entschieden und das gelbe Kleid bekommen.
Damit nicht genug, er nimmt meine Hand und zieht mich sanft zu einer Uhrenvitrine.

„Und nun zu deinem Geschenk".

„Meinem Geschenk? Ich dachte, das Kleid wäre das Geschenk?".
Er schüttelt den Kopf und legt liebevoll seinen Arm um meine Schultern.

„Such dir eine aus", grinst er.
Ungläubig schaue ich ihn an und dann in die Auslage.

„Eine Armbanduhr, eine richtig gute Armbanduhr soll ich mir aussuchen?", blicke nochmals ungläubig zu ihm.

„Nur zu".
Mutig finde ich schnell mein Lieblingsstück in der dürftigen Auswahl.

„Mama, hier, ist die nicht wunderschön?", glückselig blicke ich zu ihr.

„Ja, Kind, die musst du aber schonen und kannst sie nicht jeden Tag tragen", erklärt sie mir die Wertigkeit.
Nachdem Onkelchen das Wechselgeld verstaut hat, schlinge ich meine Arme um seinen Hals und nach jedem der zahlreichen Küsse auf seine frisch rasierten, nach Rasierwasser duftenden Wangen, folgt ein Danke, Danke, Danke. Er strahlt und hat Freude daran, mich so glücklich zu sehen.

„Nun fehlen aber noch die Schuhe", offenbare ich unterwürfig meiner Mutter.
Ein Geschäft weiter, die Klingel an der Eingangstür macht auf uns aufmerksam

und eine freundliche Verkäuferin erfragt unsere Wünsche.

„Ja, Wünsche sind das eine, der Preis das andere", denke ich und steuere zielgerichtet auf ein Schuhregal zu. Plötzlich springen mir knallrote Pumps ins Auge und sie flehen mich förmlich an:

„Bitte, bitte kauf mich!"

„Oh mein Gott, sind die schön, und so weich und schau mal, Mama, hier, wie niedlich mit den Riemchen", entweicht es mir hemmungslos und ich versuche sofort hineinzuschlüpfen.

„Eng, ja, sind ganz schön eng". Mama verdreht die Augen und die Verkäuferin schaut belustigt zur Seite.

„Kind, um Himmelswillen, doch nicht so rot und nicht so spitz, fünf Zentimeter Absätze müssen ja wohl auch nicht sein", versucht sie mir diese Prachtstücke auszureden.

Meine Vorstellung von schicken Schuhen entspricht einfach nicht der meiner Mutter. Ohne Rücksicht auf Mamas Zweifel, spreche ich die Verkäuferin an:

„Könnte ich die bitte eine Nummer größer bekommen?"
Die Verkäuferin will im Lager nachschauen.

„Die sind leider nicht mehr größer da".
„Nicht mehr größer da? Sollte dieser schöne Traum jetzt schon wie eine bunt schillernde Seifenblase zerplatzen?" denke ich.

„Ach, eigentlich geht das so auch, die weiten sich bestimmt noch, oder?", versuche ich Mama doch noch zu überzeugen.

„Diese Schuhe müssen es unbedingt sein, denn die würden Bernhard sicher auch gefallen", rattern meine Gedanken. Noch einmal quetsche ich mich hinein, wackele ein paar Schritte vor dem Spiegel hin und her, aber - oh, oh - die waren schon ganz schön eng. Mama blickt hilfesuchend zu Onkelchen, der mich mit einem skeptischen Blick und strengen Worten warnt:

„Mädchen, das überlege dir!"
Mädchen hat nicht überlegt, Mama hat gekauft!

Später bescheren mir diese Prachtexemplare die Hölle. Wie kann man nur so toll aussehen und so schmerzen!

Ist so das wahre Leben, das Erwachsensein? Schöne Dinge erleben, die auch Schmerzen verursachen können? Dieser Scheinheiligkeit versuche ich entgegenzuwirken. Eines Nachmittags fülle ich Wasser in die Roten und stöckele heimlich mit nassen und kalten Füßen beim Geschirr abwaschen, Betten machen und Aufräumen herum. Es bringt leider nur wenig.

Einen Tag vor der Jugendweihe räumen meine Eltern fast das gesamte Wohnzimmer aus. Danach gleicht der hintere Flur einem Möbellager. Tapezierbretter werden zu Tafeln umfunktioniert, weiße Bettlaken bedecken die alten Farbreste. Nachdem Geschirr, Besteck und Gläser ihren Platz darauf gefunden haben, kann morgen meine Aufnahme in den Kreis der Erwachsenen würdig gefeiert werden.

Am nächsten Morgen treffen sich alle festlich gekleideten Jugendweihlinge in einem separaten Raum des Kulturhauses. Gespannt warten wir auf das Zeichen, um gemeinsam in den geschmückten Saal gehen zu können. Der Schuldirektor, die Lehrer, die Eltern und die Gäste sitzen bereits auf ihren Plätzen. Nun erklingt Geigenmusik, das ist das Zeichen für uns, langsam hintereinander durch den Gang zwischen den Stuhlreihen zur ersten Reihe zu schreiten und uns auf die dekorierten Stühle zu setzen. Als ich sicher an meinem Platz angekommen bin, denn der Parkettboden ist teuflisch glatt, lockere ich vorsichtig meine Schuhe.

Nachdem der Schulchor unter Eddys Leitung sein Lied beendet hat und er wieder auf seinem Platz sitzt, geht der Schuldirektor ans Rednerpult. Freundlich begrüßt er uns und beginnt mit seiner ganz schön langen Rede. Ergriffen von unserem folgenden feierlichen Gelöbnis begeben wir uns in Reih und Glied, wieder begleitet von den Violinen, zum Ausgang. Nun bin ich erwachsen. Oder hatte ich da etwas falsch verstanden?

Mit Walli, Elfi und Pita habe ich mich nach dem Abendessen verabredet. Wir wollen „um die Häuser" ziehen und unser Erwachsensein entsprechend feiern. Heimlich verlasse ich die Familienfeier mit einer kleinen Flasche Eierlikör, die ich in einem unbeobachteten Moment in der Küche unter meiner Jacke verschwinden lasse. Bei Elfi ist es Kaffeelikör, Walli und Pita kommen auch nicht ohne „Mitbringsel". Im naheliegenden Park verkosten wir nacheinander die verbotenen „Leckerlis". Dann zieht Pita eine Schachtel Zigaretten der Marke „Casino", natürlich ohne Filter, und Streichhölzer aus ihrer Tasche. Keiner widersteht auch dieser Versuchung. Ohne lange zu zögern, glimmen die Stängel. Rauchfähnchen ziehen in den blauen Nachthimmel und geduldig pulen wir die Tabakskrümel aus unseren Mündern. Das fetzt! Schließlich sind wir in den Kreis der Erwachsenen aufgenommen worden und Erwachsene machen das halt so!

Die Likörchen zeigen bald ihre enthemmende Wirkung. Begleitet von leichten Gleichgewichtsstörungen grölen wir die Hits der Sechziger in die laue Sommernacht und stampfen im Takt des Beats mit den Füßen im taufeuchten Gras. Natürlich tauschten wir zu Haus vorher unsere feinen Pumps gegen bequemes Schuhwerk.

Mein Magen kann sich leider nicht so richtig mit der Mischung aus Alkohol und Nikotin anfreunden, was er mir durch starke Übelkeit zu verstehen gibt. Plötzlich möchte ich nur noch schnell nach Hause gehen. Das gleiche „Symptom" verspüren auch die anderen „jungen Erwachsenen". So findet die Party ein jähes Ende.

Schwankend erreiche ich unser Haus. Der Versuch, die Eingangstür leise zu öffnen, gelingt mir nur bedingt. Taumelnd ramme ich mehrmals die im Flur abgestellten Möbel, bevor ich auf dem Hof wie ein nasser Sack auf einen Melkschemel plumpse. Mit dem Rücken an die Hauswand gelehnt, hoffe ich, das Drehen in meinem Kopf stoppen zu können. Ein schwarzes Kleid mit weißen Punkten, das vor mir auf der Wäscheleine baumelt, gehört unserer Mieterin. Dieser Fetzen erinnert mich an das Hin und Her des Pendels der großen Standuhr bei meiner Oma, das mich nach meinem ersten Rauchversuch fast in den Wahnsinn getrieben hat. Doch schlimmer geht immer. Das Kleid schaukelt, die weißen Punkte rutschen ineinander, nach unten und wieder nach oben. Ich halte mich am Schemel fest, doch es nützt nichts.

„Kind, geht es dir gut?", ruft plötzlich meine Mutter besorgt hinter mir, denn meine „Schleichgeräusche" waren ihr nicht entgangen. Noch rechtzeitig hält sie einen Eimer unter mein Kinn, als die kleinen „Spaßmacher" ganz dringend auf nicht natürlichem Weg meinen „erwachsenen" Körper verlassen. Auf allen Vieren quäle ich mich, nicht im Sauseschritt wie sonst, die Treppe hinauf und rette mich auf mein Bett. Teddy habe ich heute nichts mehr zu sagen, auch sein Gute-Nacht-Kuss fällt aus.

Der Reisebus rollt in Richtung Weimar, das Ziel unserer Jugendweihefahrt. Unter anderem stehen Ausflüge zu den Gedenkstätten für die Opfer des Faschismus und die Besichtigung des Konzentrationslagers Buchenwald auf dem Plan, eines der größten auf deutschem Boden. Natürlich hatten wir im Geschichtsunterricht über die Gräueltaten des Naziregimes gesprochen, doch meine Gedanken waren nicht immer bei der Sache. Dass in diesem Arbeitslager zwischen Juli 1937 und April 1945 266.000 Menschen aus allen Ländern Europas inhaftiert waren und die Zahl der Todesopfer auf etwa 56.000 geschätzt wird, übersteigt meine Vorstellungskraft. Die Informationen in der dortigen Ausstellung über weitere Grausamkeiten überfordern mich. Es entbindet mich aber nicht davon, noch einen Film über diese entsetzlichen Verbrechen anzusehen. Vollgestopft mit Informationen der grauenvollen Vergangenheit,

steigen wir nachdenklich in den wartenden Bus. Nach einer fröhlichen Heimfahrt
ist niemanden mehr zumute.

Nur Vizemeister

An Sommertagen, an denen kein Badewetter ist, spiele ich nach getaner Arbeit mit Nachbarskindern und meiner Schwester Federball auf der Straße vor unserem Haus. Da ich keinen eigenen Schläger besitze, leihe ich ihn bei Freunden aus, die gerade eine Pause einlegen. Klappt leider nicht immer. Doch der Spaß findet ein jähes Ende, wenn Mama pünktlich um 19:00 Uhr das Fenster öffnet und laut unsere Vornamen ruft. Nach ein paar Stullen liegen wir dann schon im Bett und lauschen noch lange dem fröhlichen Treiben auf der Straße. Wir mussten mal wieder zuerst gehen.

Unsere Begeisterung am Spiel bleibt Günti nicht verborgen. Er trainiert eine junge Federballmannschaft im Ort.

„Habt ihr nicht Lust, bei uns zu spielen?", fragt er uns eines abends.

„Wir treffen uns immer donnerstags um fünf in der Turnhalle".

„Haben wir, oder?", sehe ich zu meiner Schwester und sie nickt.

„Wir müssen aber erst noch unsere Eltern fragen".

Die Erlaubnis bekommen wir, allerdings nur unter einer Bedingung: pünktlich um 19:00 Uhr zu Haus zu sein.

Die Freude über meinen eigenen Federballschläger, den Mama eines Abends mit nach Hause bringt, schmilzt wie Butter in der Sonne, denn er gehört mir nur zur Hälfte.

In der Turnhalle, einer ehemaligen Reithalle des Schlosses, ist es nicht erlaubt, Kreidelinien für das Spielfeld auf den Parkettboden zu zeichnen. Übriggebliebene Parketthölzer dienen uns als Feldbegrenzung, die vor Spielbeginn immer wieder maßgerecht aufgelegt werden müssen, erst viel später bekommt Günti die Erlaubnis, die Spielfeldlinien mit weißer Farbe aufzupinseln.

Wieder ist es Donnerstag 18:45 Uhr und höchste Zeit, den Heimweg anzutreten. Doch Schwesterlein hält sich nicht immer an unser Versprechen. Ohne sie kann ich aber nicht nach Hause kommen, dann gibt es erst richtig Ärger. Wieder rasen wir in letzter Minute los. Um 19.10 Uhr drücke ich ängstlich die Klinke unserer Haustür. Bereits im Flur hören wir unsere Eltern in der Küche laut streiten, meinem Vater war mal wieder der Geduldsfaden gerissen.

„De sind wedder nich pünktlich, na de könnt hüte wat erleben".

Mit „de", war nur ich gemeint, denn meine Schwester kratzt ohne zu zögern die Kurve und saust so schnell sie kann die Treppe zu unserem Zimmer hinauf.

„Und nun? Einer muss doch reingehen und sagen, dass wir da sind!"
Ich bin verzweifelt. Vorsichtig öffne ich die Küchentür, die kräftige Hand meines Vaters begrüßt mich mit einem harten

Schlag am Kopf und befördert mich auf das kalte Linoleum. Ich ziehe die Knie an meinen Körper, ducke den Kopf darauf und halte schützend meine Arme dar-über. Ängstlich blickte ich zu ihm auf.

"Würde er noch einmal zuschlagen?" Eine ekelerregende Bierfahne weht mir entgegen, als er lautstark den Grund un-serer Verspätung wissen will. Gleichzei-tig hebt er seine Hand zum nächsten Schlag.

„Das reicht", schreit Mama und zieht an seiner Jacke, um sein Vorhaben zu stoppen.

Ich nutze diesen Moment, haste nach oben und tue es meiner Schwester gleich. Ohne mich zu entkleiden, verkrieche ich mich unter meiner Bettdecke. Mein Kopf und mein Nacken schmerzen. Würde er noch hochkommen? Ich habe Angst. Stundenlang versuche ich hellwach, jedes Geräusch zu deuten. Waren da Schritte?

Ich wage es nicht, mich nur einen Milli-
meter zu bewegen.

„Wäre nur Oma noch da!"
Mein Magen knurrt, getrunken habe ich
mittags nur ein Glas Leitungswasser,
doch an solchen Abenden fällt nun mal
das Abendessen aus.

Erst spät in der Nacht, meine Eltern schlafen bereits im Nachbarzimmer, wage ich
es leise, meine Sachen auszuziehen und
weine mich in den Schlaf.

Bald erreichen wir im Federball die Kreis-
klasse. Die Punktspiele werden sonntags
an verschiedenen Spielorten des Kreises
ausgetragen, die wir mit der Eisenbahn
und langen Fußmärschen erreichen. Frei-
tags zuvor nimmt meine weiße Sprinter-
hose ein Bad im kalten Regenwasser und
vergnügt sich mit der Kernseife. Die
selbstgekochte Kartoffelstärke soll ihr
eine bessere Form verpassen. Ich habe es
bei Mama so gesehen, wenn sie die Tischwäsche stärkt. Der gewünschte Erfolg

stellt sich aber nur ein, wenn ihr Verhältnis zum letzten Spülwasser das Richtige ist. Wenn nicht, ist sie hart wie ein Brett. Der Tortur mit dem Bügeleisen folgen dann später Scheuerstellen an meinen Oberschenkeln.

Besonders unruhig schlafe ich in der Nacht vor der Kreismeisterschaft. Für das Doppel war ich nicht gesetzt, doch im Einzel will ich den Titel nach Hause holen. Was aber hat sich nur das Schicksal dabei gedacht, auch meine Schwester ins Finale zu bringen?

„Natürlich hat sie mehr Kraft, das kann ich aber mit Schnelligkeit ausgleichen", versuche ich mich in der letzten Spielpause zu motivieren.

„Mensch, das schaffst du, hast doch schon öfter gegen sie gewonnen", spricht mir Günti Mut zu.

Wild entschlossen zu siegen, kämpfe ich wie eine Löwin. Den ersten Satz gewinnt sie knapp, im zweiten habe ich haushoch die Nase vorn. Im dritten und letzten Satz, der alles entscheidet, fehlt mir dann am Ende die Kraft und meine Freude über den Vizetitel hält sich in Grenzen.

„Bestimmt klappt es das nächste Mal", tröstet mich Günti.

Ein nächstes Mal wird es aber für mich nicht geben. In der nächsten Saison werde ich nicht mehr dabei sein können. Meine Schulzeit geht in diesem Sommer zu Ende. Weit weg von zu Hause beginnt für mich ein neuer Lebensabschnitt, meine Berufsausbildung.

Pitchenrennen

Unser Vater hatte auswärts eine Arbeit gefunden und kommt nur alle zwei Wochen nach Hause. Ruhe und Frieden halten Einzug in unser Leben.

Es ist Samstagmittag. Meine Schwester und ich wollen unsere Mutter um die Erlaubnis bitten, mit unserem viel älteren Cousin Franz, der ein Auto besitzt, in einen Nachbarort zum „Pitchenrennen" fahren zu dürfen. So betitelt unser Vater Jugendtanzveranstaltungen.   Pittchen wurden die jungen Hühner genannt, die noch kein Ei gelegt hatten und immer noch glaubten, der Hahn hätte ihr Geschlecht. Heimlich hoffe ich dort auch Bernhard zu treffen, denn sein Zuhause ist nur ein paar Kilometer von dort entfernt.

Statt einer positiven Antwort kam die Frage von Mama:

„Und wer kommt noch mit?"

„Na, noch ein paar", versuche ich es zu bagatellisieren.

Doch mit der Antwort gibt sie sich natürlich nicht zufrieden und ihr strenger Blick fordert mich dazu auf, konkreter zu werden.

„Na, Franz, unsere Cousine, Walli, und wir zwei."

„Wann wollt ihr los? Wann beginnt es? Wann seid ihr wieder da?", ihre Fragen nerven, doch brav antworten wir abwechselnd.

„Aber seid bitte pünktlich zurück". Das ist der Satz, den wir hören wollen. Eilig hübschen wir uns auf. Ein ausgedientes Unterhemd meiner Mutter saust über meine „Roten". Heute war Hochglanz das Mindeste. Mittlerweile haben sie sich auch ein wenig geweitet, doch so richtig passen wollen sie noch immer nicht. Sie sind einfach nur eine Nummer zu klein.

Pünktlich um 16:00 Uhr rauscht ein Wartburg vor unser Haus, hupt und zwei herausgeputzte Schwestern stöckeln ihm entgegen. Auf dem Beifahrersitz hat es sich ein nicht eingeplanter Bekannter von Franz bequem gemacht, und auf den Hintersitzen kichern meine Cousine und Walli. Schnell wird mir klar, nur noch ein Platz ist frei. Ehe meine Schwester es überhaupt gerafft hat, zetere ich schon los:

„Ich bleibe auf gar keinen Fall hier, heute nicht, heute ganz bestimmt nicht!"

„Bleib doch ganz ruhig", brummelt Franz.

„Ihr kommt doch beide mit".

„Na, wie denn, ist doch nur noch ein Platz frei?

„Du Leichtgewicht passt schon noch mit rein", zwinkert er mir zu.
Stück für Stück rutschen wir auf den Hintersitz eng aneinander und versuchen da-

bei unsere Kleider nicht so sehr zu zer-
knautschen. Mama mahnt noch zum Abschied:

„Bleibt anständig!"
Was sie damit auch immer gemeint hat,
unsere Antwort kommt wie aus der Pis-
tole geschossen.

„Ja, wie immer, Mama", winken wir
ihr glücklich zu, denn die lustige Fuhre
setzt sich bereits in Bewegung.

Trotz einiger Ermahnungen des Fahrers,
wir sollen bitte etwas leiser sein, plappern
wir weiter munter drauflos.

In meinem Bauch flattern viele wilde
Schmetterlinge. Unbeachtet bleiben die
Bäume mit ihrem prachtvollen Blätterkleid, die am Fenster vorbeiflitzen, als ich
mit hoffnungsvollem Blick in die Ferne
schaue. Sehnsucht und Zweifel quälen
mich.

„Wird er überhaupt kommen? Oder
hat er mich vielleicht schon vergessen?"

Eine halbe Stunde später parkt der Wagen neben dem Kulturhaus auf einer von alten Pappeln umsäumten Wiese. Ein lauer Sommerwind begleitet uns zum Eingang. Aus den geöffneten Fenstern säuseln Töne eines Saxofons, ein Musiker spielt sich ein. Im bereits gut gefüllten Saal versuche ich systematisch, meinen Liebsten zu erspähen. Nein, er war noch nicht da. Aber er kommt sicher noch, denn die Hoffnung stirbt zuletzt.

„Darf ich bitten?", raunt eine Stimme hinter mir und enttäuscht blicke ich in fremde braune Augen.

„Nein danke, jetzt nicht, vielleicht später", mache ich ihm Hoffnung.

„Jetzt tanzen? Nein, das geht gar nicht. Nachher verpasse ich ihn. Vielleicht warte ich doch besser am Eingang".
Drängelnd schiebe ich mich durch die Menschenmassen zurück zur Tür.

Der Saal füllt sich mehr und mehr. Alle scheinen Spaß zu haben, nur ich warte auf einsamem Posten.

Die Stunden vergehen. Meine Füße schmerzen und der warme Abendwind verwandelt sich in eine kühle Brise. So nach und nach legen sich die Schmetterlinge in meinem Bauch zur Ruhe. In sechzig Minuten spielt die Kapelle zum letzten Tanz - er wird sicher nicht mehr kommen.

Da „bläst" Franz auch schon zum „Abflug" und alle versammeln sich wieder an seinem Auto.

Die gelben Strahlen der Scheinwerfer weisen uns den Weg durch die dunkle Nacht und verwandeln das dichte Laub der Bäume am Straßenrand in einen Tunnel, an dessen Ende nur undurchdringliches Schwarz zu sein scheint. Nebelschwaden schleichen über die Wiesen. Zwischen Wolkenfetzen blinkt ab und zu der Mond hervor.

„Befindet sich meine Hoffnung auch in einem dunklen Tunnel? Gibt es da am Ende auch kein Licht? Länger als ein Jahr haben wir uns nicht gesehen! Vielleicht hat er mich doch schon vergessen? Nein, dafür will ich keinen Gedanken verschwenden, nein, nein, nein! Woher sollte er denn wissen, dass ich heute hier bin?"
Ich beschließe, nicht mehr zu zweifeln, denn in zwei Wochen gibt es zu Hause Jugendtanz, da wird er bestimmt kommen. Er kann ja davon ausgehen, dass ich hingehe.
Plötzlich bremst der Wagen. Weit vor uns deutet ein hin und her schwenkendes rotes Licht zum Halten.
„Ach du Scheiße, Polizei, Verkehrskontrolle", entweicht es Franz.
Das Gelächter auf der Rückbank verwandelt sich blitzartig in Totenstille. Langsam fährt er weiter und dreht sich kurz zu uns um.
„Schnell, eine muß nach unten!"

„Nach unten?"

„Wie, nach unten?"

„Eine von euch muß sich quer auf eure Füße legen und mit der Decke aus dem Rückfenster deckt ihr sie zu!"
Wir begreifen endlich - wir sind eine zu viel. Wer muss nun in den „Untergrund"? Natürlich ich, die „Zarteste". Mit schlotternden Knien krabbele ich nach unten und kauere mich auf die Füße der Mädels, die mich mit der Decke abdecken. Der strenge Geruch, der dieser entweicht, und die vielen kleinen Haare, die mir ins Gesicht rieseln, bestätigen den Verdacht, dass diese Decke die Lieblingsunterlage des Dackels von Franz ist. Bei Fahrten im Auto genießt er seinen Platz im Heckfenster.

„Jetzt nur ruhig bleiben und tapfer aushalten, sind doch nur Dackelhaare", versuche ich mir den Ekel schönzureden.

„Rühr dich da unten nicht vom Fleck", flüstert mir Franz noch schnell zu, bevor er den Wagen stoppt und seine Fensterscheibe herunterkurbelt.

Nicht im Traum hätte ich daran gedacht, nur einen Mucks von mir zu geben. Selbst nicht mit den Dackelhaaren im Mund. Traue mich ja kaum noch zu atmen.

„Bitte den Motor abstellen, Wagenpapiere und Zulassung", vernehme ich eine tiefe strenge Männerstimme.

„Wenn der mich hier findet, kann ich glatt zu Fuß nach Hause laufen. Oh Gott, das hätte mir heute gerade noch gefehlt". In Gedanken sehe ich mich schon mit meinen „Lieblingsrotenstöckelschuhen" durch die Finsternis irren. Leuchtende Augenpaare wilder Tiere beobachten mich aus dem Gebüsch und warten nur darauf, dass ich stürze und sie über mich herfallen können.

„Drei da hinten?", reißt mich die Stimme des Polizisten aus den gruseligen Gedanken.
Ich halte die Luft an.

Um die Zahl der Fahrgäste prüfen zu können, leuchtet er den Innenraum mit seiner Taschenlampe aus.

„Ja, drei", antwortet Franz selbstsicher.

„Alles in Ordnung bei Ihnen?"

„Ja, alles in Ordnung", kam es wieder ganz ruhig von ihm.

„Na dann, gute Weiterfahrt".
Der Motor springt an und erleichtert krieche ich unter meiner Hundefellabdeckung hervor.

„Meine Güte, was war das denn, ich wäre hier unten fast gestorben!"

„Ja, ich auch", stimmt mir Franz lachend zu.

„Bleib aber lieber noch unten, bis wir zu Hause sind".
Plötzlich entlädt sich die Anspannung in lautem Jubel und erleichtertem Gelächter.
Zu Haus angekommen, krabbele ich aus meinem Zufluchtsort, klopfe meine Kleidung ab, falte die stinkende Hundedecke zusammen und lege sie zurück in die

Hutablage. Wir beschließen, Mama nichts von dem Vorfall zu erzählen, denn die Gefahr besteht, dass sie uns unsere nächste Exkursion verbietet.

Begleitet von Vorfreude, vergehen die nächsten zwei Wochen wie im Flug. Endlich ist es Samstag. Ich bringe Holz in einem Weidenkorb nach oben ins Badezimmer und mache ein Feuerchen im unteren Teil des Badeofens. Es riecht dann immer so schön nach? Na, eben nach Badeofen! Dann lege ich mir frische Handtücher bereit und genieße ein entspannendes Fichtennadelbad. Nun schlüpfe ich in das neue hellgrüne Kleid, das mir Mama von ihrem letzten Stadtbesuch mitgebracht hat. Dass es hellgrün ist, stört mich nicht, dass aber meine Schwester das Gleiche in hellblau bekommen hat, finde ich nicht so toll. Sie kann immer noch nicht diese „Zwillingsnummer" lassen. Die Schuhauswahl fällt mir sehr leicht, denn ich habe ja nur die einen, meine „Lieblingsroten". Zum Abschied bittet mich Mama, noch eine Jacke mitzunehmen, falls es mir auf dem Nachhauseweg zu kalt wird. Ahnt sie, dass es ein längerer Heimweg werden könnte?

Der Duft der letzten Rapsblüten und das lustige Gezwitscher der Schwalben begleiten mich, als ich mit leicht geröteten Wangen zu unserem Kulturhaus stöckele. Es ist ein kurzer Weg, doch er kommt mir unendlich vor. Der Geruch von frisch gebohnertem Parkett empfängt mich, als ich den Saal betrete. Elfi und Walli halten mir an ihrem Tisch einen Platz frei. Winkend machen sie auf sich aufmerksam. Mit einem fröhlichen Hallo begrüße ich sie, setze mich zu ihnen und meine Augen wandern wieder durch den Raum. Erwartungsvoll suchen sie jeden Winkel ab.

„Was ist mit dir los? Wir sind hier, kannst du uns nicht sehen?", witzelt Elfi.

„Falls du Bernhard suchst, der steht da hinten an der Bühne, hat schon gefragt, ob du auch kommst", sie schien gelangweilt.

„Und, was hast du gesagt?", fordere ich eine schnelle Antwort.

„Ja, hab ich gesagt", antwortet sie genervt.

„Er ist also da!", atme ich erleichtert auf.

Meine kalten Hände kühlen die glühenden Wangen. Kurz schaue ich hinüber zur Bühne. Da steht er bei seinen ehemaligen Mitschülern, dieser verdammt stattliche, super aussehende Bursche in seiner grauen Anzughose und dem hellblauen, locker sitzenden Hemd. Mein Puls hämmert in den Halsschlagadern, denn die verrückt gewordenen Schmetterlinge paaren sich gerade mit Übelkeit.

„Fühlt sich so Liebe an oder ist es nur die Angst, dass er mich nicht zum Tanzen auffordert? Warum kann ich keinen klaren Gedanken mehr fassen? Nach so langer Zeit ihn wiederzusehen, sollte ich mich da nicht einfach nur auf ihn freuen? Stattdessen Ruhelosigkeit und viele unbeantwortete Fragen".

Die ersten Takte Musik erklingen und von der Seite ein flüsterndes:

„Darf ich bitten?".

Erwartungsvoll blicke ich auf:

„Nein, Danke".

Sehr viele „Körbe" muss ich verteilen, bis endlich ein:

„Ja, sehr gern", meine Lippen verlassen kann.

Auf einer rosaroten Wolke, begleitet von säuselnden Klängen der Saxophone, die mit „Sail along silvery moon" von Billy Vaughn, einen wiegenden Rhythmus vorgeben. Umschlungen von Bernhards kräftigen Armen, die wohlige Wärme seines Körpers fühlend und liebkost vom Duft seines West-TABAC-Rasierwassers, schwebe ich mit einem zufriedenen Lächeln in den siebten Himmel.

„Lieber Gott, lass diese Nacht nicht zu Ende gehen", sehe ich bittend an die Saaldecke, als er mich zurück an meinen Platz bringt und ich hoffe, er würde wiederkommen.

Er kommt wieder zu allen anderen Tanzrunden. Ein Stehblues verhilft uns zu mehr Nähe und unsere heißen Wangen berühren sich zaghaft.

„Darf ich dich nachher nach Hause bringen?", haucht er mir ins Ohr.

Ein leises „Ja", statt eines lauten Juhu, flüstere ich zurück.

Nach unserem letzten Tanz nehme ich schnell meine Jacke, hauche den Freundinnen ein Tschüss zu und eile zum Ausgang. Er wartet bereits draußen bei seinen Freunden. Ohne ein Geheimnis daraus zu machen, verabschiedet er sich mit einem zwinkernden Auge von ihnen, geht auf mich zu und wie selbstverständlich nimmt er mir die Jacke ab und legt sie um meine Schultern. Hand in Hand schlendern wir in den Park und in eine traumhaft goldene Vollmondnacht. Eng umschlungen genießen wir die so ersehnte Zweisamkeit. Kaum ein Wort zerstört dieses Idyll. Glühwürmchen huschen durch die Büsche. Der Ruf eines Uhus lässt uns kurz aufschrecken und noch näher zueinander rücken.

Wir haben jegliches Zeitgefühl verloren. Als zaghaft erste Sonnenstrahlen ihr Licht an den Morgenhimmel malen, geht ein langer Heimweg zu Ende.

Bernhard führt meine kalten Hände an seinen Mund, küsst sie zärtlich und legt sie langsam um seinen Hals. Er schaut mir lange in die Augen und als er sich ganz sicher ist, berühren sich sanft unsere Lippen. Schnell werden wir mutiger und wollen nicht mehr voneinander lassen.

Schwere Prüfungen

Das letzte Schuljahr hat begonnen. Bernhard macht sich rar, nur zweimal treffen wir uns heimlich in unserem Park am See und tauschen liebevoll Zärtlichkeiten aus. Er verspricht mir dann immer, dass wir uns bald wiedersehen. Doch viel Zeit bleibt nicht mehr, bald muss ich meine Heimat verlassen. Wird das unsere Liebe aushalten, wird sie das überleben, wenn wir uns nur noch sehr selten sehen können?

Meine Prüfungsvorbereitungen lassen den Gedanken an ihn wenig Raum. Unbedingt muss ich den Abschluss mindestens mit einer Zwei bestehen, denn Onkelchen hat mir eine Reise an die Ostsee versprochen, wenn ich das schaffe. Diese will ich mir natürlich nicht entgehen lassen.

Grell schellt die Pausenklingel über den Schulhof. Das Zeichen, die Klassenräume aufzusuchen. Das „Aroma" von Chlor und Desinfektionsmittel begleitet uns auf dem Weg durch das kühle Treppenhaus. Das Trappeln der vielen Füße erinnert an eine Schafherde, die gerade einen Viehtransporter betritt.

Vor zwei Tagen hatte ich die letzte schriftliche Prüfung im Fach Deutsch.

Eine halbe Stunde vor Beginn dieser Prüfung entnahmen alle Prüflinge aus einer Glasschale einen Zettel mit der Aufgabenstellung. Ich traute meinen Augen nicht. In drei Stunden sollte ich einen Aufsatz über das Trauerspiel „Kabale und Liebe" von Friedrich Schiller schreiben. Blitzartig fühlte sich mein Kopf an, als wäre er ein Ballon, nur mit Luft gefüllt. Mein Herz raste und ich hatte Angst, es zu vergeigen. Im Nebel meiner Furcht schwebten Erinnerungen an den Literaturunterricht:

° uraufgeführt 1784 in Frankfurt am Main
° leidenschaftliche heimliche schicksalhafte Liebe zwischen der bürgerlicher Luise und dem adligen Ferdinand

° durch hinterlistige Intrigen und Standesdünkel wurde diese zerstört

° können die Standesunterschiede nicht überwinden

° unerfüllte Liebe

° sie nehmen sich am Ende das Leben

Bürgerliche?   Adelssohn?   Unerfüllte Liebe? Durch Intrigen zerstört? Nein, was soll das denn?

„Bernhard ist auch ein Einzelkind aus wohlhabender Familie und meine Familie und mein Vater…? Werden das seine Eltern überhaupt zulassen?"
Verzweifelt schaute ich auf meine Armbanduhr.

„Was? Wo ist denn nur die Zeit geblieben und ich habe noch nicht einmal angefangen?"
Die Realität hatte mich eingeholt und ich hörte meine innere Stimme, wie sie spricht:

„Mensch, reiß dich jetzt zusammen, das schaffst du. Die Zensur ist so wichtig für deine Gesamtnote, sie entscheidet, ob du das Meer siehst oder nicht".

Auch Onkelchen erinnerte mich liebevoll:

„Wenn du die Prüfungen mit der Abschlussnote Zwei bestehst, nehmen wir dich drei Wochen mit an die Ostsee".

Ich fahre mir mit der linken Hand durch die Haare, versuche, den Kloß im Hals runterzuschlucken, beiße die Zähne fest zusammen und fange endlich an zu schreiben.

Drei Tage später auf dem Weg in die Hofpause, fragt mich meine Deutschlehrerin im Vorbeigehen in einem strengen Ton:

„Dorina, was hast du denn nur mit deinem Aufsatz gemacht?" und ohne eine Antwort abzuwarten, verschwindet sie im Lehrerzimmer.

Ich suche Halt am Treppengeländer. Geschockt ringe ich nach Luft und schaue verunsichert aus dem Fenster.

„Was soll ich denn mit meinem Aufsatz gemacht haben? Ich hatte doch alle

Kriterien beachtet? Genügend Zeit gehabt, alles noch einmal zu lesen, Rechtschreibfehler berichtigt, die Seitenzahl eingehalten, was denn nun noch? Habe ich kläglich versagt?"

Salzige Rinnsale suchen wieder einmal ihren Weg über meine geröteten Wangen und hinterlassen dunkelblaue Flecken auf meiner frisch gebügelten FDJ-Bluse. Erfolglos versuche ich, sie mit einem Taschentuch zu entfernen, es soll ja keiner die Spuren meiner Verzweiflung sehen. Nun ist alles vorbei, meine kleine Flamme Hoffnung hat sie mit nur einem Satz ausgepustet.

Niedergeschlagen arbeite ich am Nachmittag unsere Liste ab und trotte anschließend zu Onkelchen, ich will beichten. Es ist mir sooo peinlich, ihm mein Versagen zu gestehen. Die wissen es ja vielleicht auch schon, Tantchen ist im Schulrat. Doch er soll sehen, dass ich den Mut habe, es ihm persönlich zu sagen. Vielleicht hat er Erbarmen mit mir? Oder ist der wunderbare Traum schon längst zerplatzt wie eine Seifenblase im Wind?

Ich finde ihn auf dem Hof, er putzt mit meiner Cousine sein Auto.

„Na, Schnoritchen", begrüßt er mich herzlich.

„Freust du dich schon? Bald geht's los".

Ich hole Luft zur Beichte, doch ehe ich antworten kann, kommt der nächste Satz von ihm:

„Kannst mit helfen, das Auto zu putzen".

Ohne aufzuschauen drückt er mir einen dicken Wattebausch in die Hand und poliert weiter an der Motorhaube. Vielleicht will er mein trauriges Gesicht nicht sehen und mir diese unangenehme Situation vor meiner Cousine ersparen?

„Ich fange an der Seite an, ja?"

„Ja, ist gut".

Ist ein kurzer Satz, denke ich und beginne zu rubbeln.

„Wozu soll ich mich eigentlich hier noch mit dieser blöden Autoputzerei abquälen, fahre ja doch nicht mit. Meine Vorfreude aufs Meer hat ja meine Lehrerin heute erfolgreich zertrampelt", trotzt es durch meinen Kopf.

Gelangweilt reibt auch meine vier Jahre jüngere Cousine am Lack herum und versucht, die verhakten Wattefusseln aus der Befestigung der Stoßstange zu pulen. Klein Tinchen spielt in der Sandkiste. Wir wienern und wienern und wienern. Woran liegt es nur, dass die Karre einfach nicht glänzen will? Hat Onkelchen zu viel Wachs verwendet? Auch er schaut irritiert, weil sein Lieblingsspielzeug heute nicht so strahlen will, wie er es sich gewünscht hat.

Zwei Stunden später verabschiedet er sich von mir mit den Worten:

„Danke für deine Hilfe und komm gut nach Hause".

Keine herzliche Umarmung und keinen Schmatzer auf meine Wange. Er ist sicher sehr enttäuscht von meinem Abschluss.

Der nächste Tag, ein Freitag, tut so, als wäre nichts geschehen. Die Sonne strahlt und kleine weiße Wolken tummeln sich wieder am blauen Sommerhimmel. Heute ist der Tag der Wahrheit.

Ohne zu frühstücken verlasse ich das Haus mit hängendem Kopf.

„Heute wirst du sie blau auf weiß bekommen, deine Abschlussnote", geistert es in meinem Kopf herum.

Mein überbetontes Selbstbewusstsein verwandelt sich Stück für Stück in die Größe einer Erbse. Trödelnd erreiche ich die Schule, als würde Pünktlichkeit noch etwas an meiner Prüfungszensur ändern können, bin also wieder einmal zu spät.

Voller Ehrfurcht klopfe ich an die Lehrerzimmertür. Meine Klassenlehrerin öffnet.

Die Mitglieder des Schulrates haben bereits im Präsidium Platz genommen. Meine Mitschüler stehen in Reih und Glied in angemessenem Abstand vor ihnen. Tantchen lächelt mich freundlich an, ist aber distanziert, sie will wohl ihrem Amt gerecht werden.

„Da bist du ja, jetzt können wir endlich anfangen. Stell dich da hinten hin".
Meine Klassenlehrerin zeigt auf das Ende der Schülerreihe.

„Na prima, das passt ja, ans Ende, ans letzte Ende", folgere ich.
Traue mich gar nicht, zu Tantchen zu sehen, und folge mit hängendem Kopf den Ausführungen des Direktors, der die Prüfungsergebnisse der einzelnen Schüler bekannt gibt. Die Vorletzte ist Reni. Im vergangenen Jahr haben wir nebeneinander gesessen. Ungern ließ sie mich abschreiben und oft blickte ich neidisch auf ihre Einsen, die nur selten unter meine Klassenarbeiten wollten.

Die Gewissheit rückt immer näher:

„Reni, du hast mit Gut bestanden",
klingt es dumpf an mein Ohr.
Ich hebe den Kopf und bin plötzlich hellwach.

„Mit Gut?"
Meine Gedanken überschlagen sich.

„Nicht mit Sehr gut? Was hat das zu
bedeuten, habe ich dann eine Vier? Oh
nein, nein, bitte, bitte nicht das auch
noch!"
Nun nennt der Direktor meinen Namen,
es stockt mir der Atem. Ich blicke nach
oben und bete die Zimmerdecke an:

„Lieber Gott, bitte, bitte öffne den Boden, lass mich verschwinden und nie wieder hierher zurückkehren. Ich schäme
mich ja so sehr".

„Du hast auch mit Gut bestanden",
grinst er mich an, denn auch er kennt die
Belohnung, die auf mich wartet.
Ungeachtet jeglicher Disziplin umarme
ich ihn, entreiße ihm mein Zeugnis,

sprinte damit wedelnd in die schon geöffneten Arme meiner Tante.

Unaufhaltsam ergießt sich ein Schwall
Freudentränen über ihre weiße Seiden-
bluse.

„Gratuliere dir, mein Kind, haste dir
verdient, denn dein Aufsatz war der
Beste der Klasse".

„Der Beste? Wieso? Aber?"

„Ja, wir wollten dich noch ein bisschen
zappeln lassen", unterbricht sie gleich
meinen Redeschwall. Sie wischt mir die
Tränen vom Gesicht, umarmt mich noch
einmal liebevoll und sagt:

„Geh jetzt nach Hause und packe deinen Koffer. Den alten Badeanzug von
Mama lass aber bitte zu Hause, ich habe
dir einen schicken Bikini gekauft".
Sie konnte ja nicht wissen, dass ich schon
längst einen hatte.

„Am Montag um 06:00 Uhr holen wir
dich ab und für morgen viel Spaß, genieße deinen Abschlussball".

„Danke, Danke, Danke, Tantchen, ich freue mich so sehr, das Meer zu sehen".
Mit einem dicken Kuss auf ihre Wange und einer nochmaligen Umarmung verabschiede ich mich.

„Ach, liebe Grüße an Onkelchen und Danke nochmal".
Überglücklich erzähle ich am Abend meiner Mama von dem heutigen Erlebnis im Lehrerzimmer. Sicher freut sie sich auch über meine Abschlusszensur. Ich glaube, sie ist ein wenig stolz auf mich. Vielleicht kann sie es nur nicht so zeigen.

Abschlussball

Vor zwei Wochen gab mir Mama etwas Geld, damit ich auf meinem Abschlussball mit einem neuen Kleid glänzen kann. Elfi, meine Klassenkameradin und Freundin, begleitet mich in die Stadt. Unser Plan ist, uns die gleichen Kleider zu kaufen, was ich in diesem Fall super finde. Schnell werden wir fündig, wobei uns die geringe Auswahl wieder einmal zu Hilfe kommt. Entschieden haben wir uns für ein sogenanntes „Hängerchen", ein Wagnis aus einem Hauch stachliger weißer Spitze ohne Ärmel und einem weißen glänzenden Unterkleid. Die Länge ist grenzwertig, Mini eben. Zwei weiße seidenähnliche Bänder fließen vom Nacken auf den sittsamen Ausschnitt. Trotz der daraus gebundenen Schleife, reichen ihre Enden immer noch bis zum Rocksaum.

„Dazu werden auch meine Roten gut passen", zwinkere ich Elfi zu und drehe mich zufrieden vor dem Spiegel.

„Ich bin mir nicht ganz sicher, ob das meinen Eltern gefällt?", zweifelt sie.

„Ich bin mir ganz sicher, dass es meinen Eltern nicht gefällt" und lachend gehen wir zur Kasse.

Als ich am Abend strahlend meiner Mutter die neue Errungenschaft vorführe, habe ich die Befürchtung, sie würde jeden Moment in Ohnmacht fallen.

„Du willst doch wohl nicht mit diesen ‚Fummel' auf die Straße gehen?", bricht es aus ihr heraus.

„Doch, Mama. Elfi hat das Gleiche und ihre Mutter findet es schön", flunkere ich was vor.

Die folgende Funkstille ist unerträglich. Wie würde sie entscheiden?

„Na gut, aber zeige es bloß nicht deinem Vater", war ihre Antwort.

„Das tue ich ganz bestimmt nicht", versprach ich ihr und drücke sie ganz fest.

Da meine Eltern mich nicht zur Feier begleiten, ist es also kein Problem.

„Danke, Danke, ich freue mich ja so sehr".

Heute ist nun der große Abend, meine Abschlussfeier. Frisch gebadet ziehe ich mein Festkleid an und stolziere zum Spiegel im elterlichen Schlafzimmer.

„Ich bin schön. Nein, ich bin wunderschön. Ich bin einfach die Schönste und ich habe mit Gut bestanden", spreche ich stolz, den Kopf erhoben, mit meinem Spiegelbild und kann gar nicht genug davon bekommen.

Heute wird mich Eddy, mein Musiklehrer, einmal in einem ganz anderen Gewand sehen. Der wird ja Augen machen. Der offizielle Teil der Veranstaltung ist beendet. Wir schwingen ausgelassen unsere Tanzbeine. Nach einer längeren Pause der Kapelle steuert Eddy mit seinem unverwechselbaren leicht tänzelnden Gang schnurstracks auf meinen Platz zu. Wieder ist seine Hose ein wenig zu eng, wieder verraten gewisse Konturen seine Männlichkeit. Lange habe ich davon geträumt, nur einmal seine Hand zu spüren, doch in diesem Moment bin ich total überfordert.

„Darf ich bitten, schönes Fräulein?"
Leicht errötet reiche ich ihm meine Hand.

„Gern, schöner Mann", erwidere ich mutig, um meine Verlegenheit zu überspielen. Und schon drehen wir uns im Takt eines Walzers.

„Warum tanzen bloß die Schmetterlinge in meinem Bauch so einen wilden Flamenco?", frage ich mich.

„Bin ich nur aufgeregt? Sie sollten doch nur bei Bernhard flattern".
Ohne auch nur eine Minute zu verlieren, plaudert Eddy drauflos:

„Gratuliere zu Ihrem guten Abschluss, das haben Sie sehr gut gemacht und toll sehen Sie aus."

„Außerdem", er macht eine kleine Pause.

„Ich habe schon bemerkt, dass Sie nicht nur von meinem Unterricht begeistert waren, aber die Eins in Musik gab es nur für Ihre hervorragenden Leistungen".
Diese Direktheit erwischt mich völlig unerwartet. Mein heißes Gesicht signalisiert mir:

„Du kriegst gleich ne knallrote Birne."

„Aber Sie werden verstehen können, dass ich darauf nicht reagieren konnte und auch nicht durfte." redet er augenblicklich weiter.
Nickend stimme ich ihm zu, denn der dicke Kloß in meinem Hals verhindert jegliche Worte. Er bemerkt es natürlich. Um mich nicht weiter in Verlegenheit zu bringen, ändert er geschickt das Thema und gibt mir so die Möglichkeit, diese einmalige Zweisamkeit doch noch ein wenig genießen zu können.
Mitternacht war schon lange vorüber, als ich müde, aber auch sehr glücklich mit meinen „Roten" in der Hand barfuß

durch die laue sternenklare Nacht nach
Hause schlendere.

Hoffnung auf Meer

Lautes Hupen lässt mich vom Frühstückstisch aufspringen. Meiner Mutter hauche ich einen flüchtigen Kuss auf die Wange, schnappe meinen Koffer und renne vor die Haustür.

„Ja, er ist es", rufe ich Mama zu.
Der frisch geputzte graue Škoda Octavia mit dem Klappfix-Zelt im Schlepptau. Onkelchen empfängt mich mit offenen Armen. Nach einer kleinen Knuddelrunde verstaut er meinen Koffer.

„Freust du dich, Schnoritchen?"
„Und wie", strahle ich ihn an.
Dann laufe ich noch schnell um den Wagen herum, um Tantchen zu umarmen. Klettere flink auf den Mittelplatz der Rückbank, denn die Fensterplätze gehören meinen Cousinen.

„Viel Spaß und sei artig", winkt Mama am Gartenzaun mit beiden Händen.

„Als wär ich nicht immer artig, bei Onkelchen auf jeden Fall".
Mein erster Urlaub, meine erste große Fa-
milienreise. Ich fühle mich wie in einem
wunderschönen Traum.
Onkelchens Volksliederschatz scheint un-
erschöpflich. Wir stimmen alle fröhlich
mit ein und wie im Flug vergeht die Zeit.
„Jetzt gleich, schaut nach vorn, gleich
sehen wir das Meer", deutet Tantchen,
mit qualmender Zigarette zwischen
Zeige- und Mittelfinger der linken Hand,
in Richtung der Windschutzscheibe.
Aufgeregt drängele ich mich zwischen
die Vordersitze, um die beste Sicht zu haben.
„Ja, ja, da ist es, ich sehe es", reiße ich
jubelnd meine Arme in die Höhe.
„Oh, und schon wieder weg".
Nur einen Augenblick war es möglich,
von einer kleinen Anhöhe vor Kühlungs-
born das Meer zu sehen.

„Schade, schon vorbei", lasse ich traurig meinen Kopf hängen.

„Geduld", tröstet mich Tantchen und streicht mir liebevoll über meinen frisch geschnittenen Bubikopf.

„Nicht mehr lange, dann sind wir da". Auf dem Zeltplatz angekommen, klettert Onkelchen ein wenig erschöpft aus dem Wagen. Er streckt seine Arme gen Himmel, gähnt und brabbelt:

„Und jetzt erst mal nen Stellplatz suchen".

„Wieso hier, hier ist doch kein Meer?", weise ich ungläubig auf das Gelände.

„Hier stellen wir den Klappfix ab, bis zum Meer sind es zehn Minuten mit dem Auto", versucht es mir Onkelchen klar zu machen.

Er setzt den alten Strohhut auf seinen glänzenden kahlen Kopf und trabt über den Zeltplatz, um einen günstigen Standort für den Wohnzeltanhänger zu finden.

„Aber hier ist doch gar kein Meer?",
laufe ich ungeduldig zu Tantchen.

„Bleib ruhig, Kind, erst müssen wir unser Nachtlager aufbauen, sonst müssen wir heute im Strandkorb übernachten", erklärt sie lachend.

„Ja, super, das wäre doch mal was", scherze ich.

Nach drei Stunden Aufbau, begleitet von diversen Meinungsverschiedenheiten zwischen Onkelchen und Tantchen, mal laut, mal etwas leiser, war unser 16 m² großes „Ferienhaus" bezugsfertig.

„Fahren wir jetzt ans Meer?", drängele ich.

„Morgen, Schätzchen, ich bin fix und fertig und schau mal, es fängt an zu regnen, das Meer ist morgen auch noch da", versucht Onkelchen mich zu trösten.

„Was ist denn das?" deute ich mit dem Zeigefinger zum Auto.

Das graue Mobil verwandelt sich Regentropfen für Regentropfen in einen weißbläulich schimmernden Schlitten.

„Oh Gott, was ist das denn?", Tantchen traut ihren Augen nicht.

„Es ist doch nur ganz normaler Regen?"
Onkelchens gequältes Lachen, bei dem sein Bäuchlein immer hoch und runter hüpft, erschreckt uns.

„Ich weiß es", klatscht er sich mit der flachen Hand an seine feuchte Stirn und seine Stimme klingt dramatisch.

„Wir haben es mit Autoshampoo eingewachst, darum wollte es beim Polieren auch nicht glänzen."
Schallendes Gelächter entspannt die Lage. Nach Spaghetti mit Tomatensoße und einem letzten Toilettengang in die nahe Baracke, kuschele ich mich in mein Nachtlager aus einer Luftmatratze, einem Kissen von zu Hause und dem Schlafsack

von Cousinchen. Sie hat einen neuen bekommen. Die Regentropfen prasseln auf das Zeltdach. Mit meinem Teddy im Arm, gleite ich glücklich in das Land der Träume.

Die Sonne steht bereits hoch am Himmel, da holt mich ein pfeifender Wasserkocher abrupt zurück in die Realität. Mein erster Gedanke:

„Das Meer, ja, heute fahren wir ans Meer". Ich hüpfe übermütig auf einem Bein aus dem Zelt. Die Regenwolken hat der Wind weggepustet, es ist warm und die Sonne blinzelt durch das Blätterdach der alten Birke neben unserem Nachtlager. Also bestes Wetter, um sich in die Fluten zu stürzen.

Nach einem schnellen Frühstück geht es los. Zehn Minuten später parken wir in Strandnähe. Ein kühler Seewind liebkost meine Haut und spielt mit meinem Haar. Der Geruch von Tang und Fisch kriecht in meine Nase.

„Riecht so das Meer?", denke ich.

„Und dann der leicht salzige Geschmack auf meinen Lippen?"

Auf dem Dünenkamm angekommen erfassen meine Augen die unendliche Weite des dunkelblauen Gewässers. Das atemberaubende Schauspiel, wie Horizont und Himmel verschmelzen, macht mich sprachlos. Es ist unmöglich für mich, weiterzugehen. Gänsehaut überzieht blitzartig meinen ganzen Körper und wie versteinert blicke ich in die Ferne. Mit offenem Mund suche ich die Augen meines Onkels.

„Das Wasser reicht ja bis zum Himmel", staune ich.

Onkelchen bleibt neben mir stehen, lacht und sagt:

„Stimmt, habe ich so gar nicht mehr gesehen".

Schnell finden wir unsere zwei Strandkörbe und rücken sie mit viel Kraftaufwand nebeneinander. Tantchen packt den neuen Bikini aus. Meine Sandaletten fliegen in den Sand und eiligst sind auch die Sachen ausgezogen. Flink schlüpfe ich in den neuen Bikini und drehe mich vor Tantchen.

„Passt, Dankeschön".
Ich werfe ihr einen Handkuss zu und nichts kann mich nun mehr aufhalten. Ich springe wie ein junges Reh jauchzend zum Ufer.

„Muscheln, hier sind auch so viele Muscheln", rufe ich freudig allen zu.
Ich kann es einfach nicht verstehen, dass Cousinchen nur gelangweilt nickt, aber sie kennt ja alles schon aus den Jahren zuvor.
Übermütig stürze ich mich in die Wellen, ich kann ja schließlich schwimmen. Doch ich verliere sofort das Gleichgewicht. Die nächsten mit Schaumkronen besetzten Wogen überrollen mich und schleudern meinen wehrlosen Körper mit all ihrer

Kraft gegen die Buhnen. Hustend krieche ich an Land.

„Igitt, das Wasser ist ja total salzig". Onkelchen und Tantchen haben ihre Freude an meiner naiven Unbekümmertheit.

Erst jetzt entdecke ich den langen Strand und die vielen bunten Strandkörbe. Einige Tautropfen auf ihren Hauben hat die Sonne noch nicht erwischt und sie glitzern wie kleine Glasperlen. Langsam sinke ich auf die Knie in den warmen Sand und lasse ihn durch meine Finger rieseln. Belausche den Wind, wie er den graugrünen Strandhafer verleitet, die Dünen zu streicheln. An ihrem Fuße fühlen sich Salzmiere, Kamille und blau blühender Meeressenf heimisch. Küstenseeschwalben mit ihren gegabelten Schwänzen tanzen mit Lach- und Silbermöwen am leuchtend blauen Himmel. Ihr Zwitschern und Krächzen ist für mich eine klangvolle Melodie. Zarte Wölkchen segeln im Wind. Die Wellen rauschen ein Lied vom Glück und geben mir ein Gefühl endlosen Friedens.

Ein Augenblick der Leichtigkeit, der Augenblick, in dem die Welt offen vor mir liegt. Auch ein Augenblick der Besinnung, denn in ein paar Wochen wird sich alles verändern. Weit entfernt von zu Hause werden neue Herausforderungen meine ganze Kraft benötigen, neue Träume und Wünsche wachsen, Freud und Leid mich begleiten. Ein neuer Anfang! Jetzt bekomme ich die Möglichkeit, auf eigenen Füßen zu stehen und den Zweiflern zu zeigen, was wirklich in mir steckt.

Ich lege mich in den warmen weichen Sand und schaue in den Himmel, den Wolkentupfen nach.

„Wohin mögen sie ziehen? Nach Afrika

oder Amerika? Lang ist es her, dass ich mir mit Ulla diese Frage stellte. Damals, als wir auf unserer Wiese im Meer von Gänseblümchen lagen".

„Wohin ist Bernhard nur gezogen? Werde ich ihn jemals wiedersehen?"
Ich schließe meine Augen und fühle seine zärtlichen Küsse. Sehnsucht - sie wird mich noch sehr lange begleiten und er wird immer wieder meine Träume aufsuchen. Doch nie werde ich die Hoffnung verlieren, die Hoffnung, dass ich ihn wiedersehe und wir gemeinsam unseren Lebensweg beschreiten.

Zitat/Liedtext

„Es ist Sommer" von INKA

Komposition: Arndt Bause,
Text: Wolfgang Brandenstein

Bald wird es Nacht, die Sonne sinkt

Ich geh zum Strand mit meinem Traum
Und es ist Sommer.

Ich hör das Meer
Ein raues Lied
Mich treibt der Wind und Sehnsucht auch
Denn es ist Sommer

Aber ohne dich, friere ich
Ja, ich fühle nur die Kühle

Es ist Sommer

Ich hab dein Wort
Hab dir geglaubt
So kam ich her mit meinem Traum
Es ist doch Sommer

Wo magst du nur sein?
Was ist da gescheh´n?
Hab mich so sehr auf dich gefreut

Und auf den Sommer

Aber ohne dich friere ich
ja, ich fühle nur die Kühle
Bleib ich nun allein?
Das kann doch nicht sein!
Nein, es kann nicht sein
Es ist Sommer
Es ist Sommer